Les jeux de l'amour et du ~~hasard~~ Bazar

Rue de l'Ouvrage, 18
B-5000 Namur
www.mijade.be

Couverture : Annick Masson / Mijade
D/2014/3712/29
ISBN 978-2-87423-095-0
Imprimé en Belgique

« Vous avez raison.
Il faut s'aimer,
et puis il faut se le dire,
et puis il faut se l'écrire,
et puis il faut se baiser sur la bouche,
sur les yeux et ailleurs. »

Victor Hugo

Acte 1

« Le non n'est pas naturel ;
quelle sotte naïveté !
Le mariage aurait donc
de grands charmes
pour vous ? »

1

À dix-sept ans, Clara Bauman n'était jamais tombée amoureuse.

Jamais.

Pas le moindre souvenir d'un garçon pour lequel elle aurait laissé ses pensées dériver plus que de raison et ces fameuses histoires de battements de cœur, de rouge aux joues, de frissons parfaits, la faisaient ricaner. Elle ne parvenait pas à comprendre comment c'était possible, d'aimer.

À quoi pouvait ressembler l'amour ?

Tous les phénomènes décrits lui paraissaient absurdes. Le déballage des sentiments ressemblait à une comédie à laquelle elle se refusait de participer. D'ailleurs, c'était une évidence, rien ne lui était arrivé parce qu'elle savait se montrer lucide. Clara refusait de se laisser malmener par ce qui lui semblait être une combinaison malheureuse d'hormones en ébullition !

Tomber amoureuse, c'était chuter, se faire mal, et se torturer inutilement.

Elle se sentait pourtant vaguement envieuse quand elle lisait les romans d'amour avec les personnages si prévisibles et le faux suspens. Quand les amoureux finissaient par s'embrasser, elle jetait son livre ou elle quittait la salle de cinéma ou elle éteignait la télé.

Elle écoutait son amie Lola se confier des heures, tirer des plans sur les comètes, sans protester, pour ne pas la blesser, mais elle n'y croyait pas une seconde.

Parce que l'amour était une légende.

Un mythe, le genre de truc qu'on veut faire gober aux hommes depuis qu'ils se sont redressés sur leurs pattes de devant. Pour donner un sens à leur vie de chasseurs-cueilleurs. Leur permettre de croire que l'illumination subite du coup de foudre pouvait éclairer leur destin si prévisible, comme les flammes naissantes de leurs silex préhistoriques. Des lueurs dans le noir.

Une sorte d'opium du peuple version eau-de-rose.

Non, Clara n'était jamais tombée amoureuse, même pas à l'école primaire où l'on succombe, paraît-il, si facilement aux flèches décochées par Cupidon et le seul souvenir qu'elle gardait de son CP était la baffe qu'elle avait balancée à Joshua Benaflek parce qu'il avait essayé de lui attraper la main. En danse folklorique. Au moment de la ronde. Il ne s'était pas montré rancunier, Joshua, et une dizaine d'années après sa raclée, il était l'un de ses trois meilleurs amis. Il lui rappelait régulièrement comment son nez avait triplé de volume à défaut de son cœur.

Cependant, Clara n'était pas un monstre dépourvu de sentiments. Elle avait cru aimer.

En quatrième. À deux reprises.

Un vieux, d'abord. Son prof de français, Monsieur Pullain, que Joshua avait surnommé « tronche de cheval », et Clara avait adoré sa grosse voix et son odeur, et sa façon de se pencher vers elle. Sa barbe mal taillée était sexy, sa veste usée et ses pantalons en velours lui donnaient un faux air d'Indiana Jones. Elle le trouvait presque beau et presque jeune et son cœur aurait pu se remplir de lui mais il l'avait collée au bout d'un mois sous prétexte qu'elle ne faisait pas ses devoirs et que son attitude était insolente. La déception s'était ancrée profondément et parfois, elle se comparait aux éléphants qui ont la mémoire des coups.

Pas de place pour le pardon.

Tarkan Torlü avait été la seconde entaille tracée sur sa peau épaisse, la même année.

Il venait de Turquie et son accent chantant rendait folles toutes les filles de la classe. Ses yeux noirs et ses longs cils aidaient aussi à accrocher les minettes à ses basques. Il se déplaçait dans les couloirs, entouré de son banc d'admiratrices, pouffant à la moindre de ses paroles, ce qui avait le don d'énerver Clara. Elle ne pouvait pas comprendre ce comportement. Comment pouvait-on rire si bêtement et tortiller des fesses et s'agiter à ce point pour un mec ? Déjà en quatrième, elle avait l'habitude d'attaquer les problèmes de front alors elle s'était approchée de Tarkan, qui la dépassait de quinze bons centimètres et elle s'était plantée devant lui, les deux mains sur les hanches, le menton relevé, pour lui demander son secret. Pour attirer les meufs. Il n'avait pas compris le mot « meuf » et il l'avait répété plusieurs fois, à cause de la sonorité, meuf, et Clara avait fini par éclater de rire devant son air ahuri et elle lui avait dit : tu as un air débile et il avait répété : débile, débile, même s'il savait ce que cela voulait dire, juste pour entendre ce rire de Clara qui était comme un miracle.

Elle avait trouvé ses yeux magnifiques et son air débile était le plus charmant du monde et elle aurait pu, à ce moment, être amoureuse de ce garçon, et peut-être que sa vie aurait été différente. Une vie plus légère. Mais l'après-midi même, il lui parlait de celle qu'il avait laissée dans le pays qu'il avait quitté. Celle qu'il ne pourrait jamais oublier. Ufuk. Qui était née le même jour que lui, à la même heure, dans le même hôpital, qui habitait le même village, la même rue, sur le même trottoir. Celle avec qui il avait grandi et qu'il épouserait quand il serait grand. Il croyait dur comme fer à la destinée. Les chemins qui se croisent et se recroisent et que les étoiles tracent. Le regard bienveillant de Dieu protège les amoureux. C'était sa grande phrase. Ufuk était sa promise, née sous le même ciel que lui et des milliers de kilomètres ne pourraient les séparer et quand il serait grand, il la retrouverait pour lui passer la bague au doigt.

Tarkan avait levé sa main gauche pour montrer son annulaire qui était déjà orné d'un anneau.
– Elle a le même, il avait dit, en rougissant. On a fait l'échange juste avant de déménager et elle a promis de le garder à son doigt. Pour toujours.

Et son aveu était comme la preuve que l'amour existait vraiment.

C'est là que Clara avait pensé que non seulement c'était un mensonge mais qu'en plus, l'amour rendait con.

2

Alors que Joshua, dès qu'il se trouvait devant un miroir, ne pouvait s'empêcher de tourner la tête pour se regarder et passer la main dans ses cheveux, Tarkan évitait de se rencontrer. Non qu'il n'aimait pas son visage mais à chaque fois, il était surpris. Comme si le Tarkan du reflet était différent de ce qu'il pensait être. Il n'avait aucune idée de ce qu'il était, et c'est pour cette raison que son image si précise le dérangeait. Il aurait préféré demeurer flou. Quand on le prenait en photo, il s'arrangeait toujours pour être en mouvement. Ses traits imprécis le rassuraient. Les reflets qu'il captait en passant dans les rues, en longeant les vitrines, parce qu'ils étaient confus, étaient les seuls qu'il acceptait de lorgner, du coin de l'œil, et son grand corps lui faisait penser à un arbre qui aurait grandi trop vite. Deux jambes immenses qui l'accrochaient au sol et deux branches noueuses en guise de bras.

Son père, cette année, lui avait appris à se raser. Dans la petite salle de bain de l'appartement familial, ils s'étaient placés coude contre coude, face au miroir qui renvoyait le père et le fils à leurs ressemblances, leurs différences, et Tarkan s'était demandé s'il prendrait les mêmes rides, son front dégarni, ses sourcils épais qui se rejoignaient au-dessus du nez. Il n'avait pas pu s'échapper et s'était retrouvé face à son propre visage, plus mince que celui de son père mais le nez était identique et les fossettes sur les joues aussi et les yeux avaient la même forme. Il avait suivi les gestes comme si c'était un rite important, son premier rasage. Et ce devait l'être, pour Mahmoud. Son père. Il en parlait depuis plusieurs mois.

– Toutes les premières fois sont importantes, il aimait répéter, en français. Il ne faut pas les sous-estimer.

Et sa mère hochait la tête vigoureusement pour confirmer les dires de son mari. Ce qu'elle faisait systématiquement.

Il avait acheté un rasoir avec un manche en bois, et le savon assorti dans une coupelle et le blaireau et Tarkan avait eu envie de partir. D'échapper à ce moment prévu depuis si longtemps. Le premier rasage du fils aîné. Il se serait barré en courant pour rejoindre Joshua, Lola et Clara, mais il était resté. Face à son visage pâle. Et avait copié les gestes de son paternel. Le savon, la mousse sur les joues et sous le menton et pas trop dans le cou et puis, les gestes, le rasoir sur la peau. Ne pas appuyer trop fort et ne pas trembler. Avoir le poignet souple. Et lentement faire glisser la lame. À l'ancienne.

C'est ce qui rendait Tarkan fou de rage.

À l'ancienne.

Il aurait préféré que son père lui file un rasoir électrique, sans faire de commentaires, et il aurait bien fini par se raser, rapido, même si les quelques poils qui lui poussaient au-dessus des lèvres et sur les joues ne le dérangeaient pas vraiment. Un début de barbe l'aurait fait ressembler à un homme. Aurait masqué les boutons qui apparaissaient sporadiquement.

On vivait à l'époque des téléphones portables et des tablettes numériques et il se retrouvait dans sa salle de bain, à manquer d'air avec son père qui avait tellement grossi qu'il prenait toute la place, à se taillader la figure avec un rasoir au manche en bois sculpté. À croiser son propre regard comme celui d'un étranger qui guette un geste d'amitié qui ne vient pas. Il s'était coupé à trois reprises et à chaque fois, son père avait appliqué une feuille à cigarette qu'il avait préparée sur le petit meuble, sous l'évier, en prévision, et il souriait presque en appliquant le papier et Tarkan avait eu envie de gueuler qu'on n'était plus au Moyen-Âge et que le coton et la lotion désinfectante s'étaient révélés être des inventions utiles à l'humanité.

Mais Mahmoud était si heureux.

La tête légèrement penchée en arrière, il suivait des yeux les mouvements de son fils et il l'encourageait de la même façon que lorsqu'il l'avait placé sur un vélo. Sans rien dire, pour ne pas lui mettre trop de pression. Et ce silence, pour Tarkan, était pourtant pire que des reproches. L'espoir de son père était censé le porter. Le stimuler. Le rendre plus fort. Il n'avait pas réussi à rouler, ce jour-là, en Turquie, et Mahmoud avait dû rajouter les petites roues. C'est avec le vélo d'un copain, en cachette, dans la rue qui menait à la mer, là où c'était dangereux à cause de la pente et des voitures, qu'il était parvenu à trouver son équilibre.

Les trois coupures saignaient légèrement quand Tarkan était retourné dans sa chambre. Il avait laissé son père dans l'humidité de la salle de bain, occupé à ranger et à nettoyer, et il s'était allongé sur son lit. Depuis cet été, il avait grandi et ses pieds dépassaient du cadre. Pour dormir, il devait replier ses jambes. Machinalement, il leva ses yeux vers la photographie scotchée au mur. Sans la voir. Parce qu'il la connaissait par cœur.

Son visage rond. Ses cheveux noirs, bouclés, et la mèche qui lui passe sur le côté, presque devant son œil droit, et son sourire. Rien qu'elle et derrière la mer, un peu, un bout de mer et la plage, mais les couleurs se fanaient. Rien qu'elle. Assise. Les mains sur ses genoux. Sa robe verte. Et son sourire encore. Elle a dix ans. Mais c'est comme si son âge n'avait pas d'importance et le regard qu'elle lui lance, c'est celui d'une femme.

– À dix ans, on peut être la femme de quelqu'un ? elle lui avait demandé.

Juste après qu'il ait pris la photo. Il s'en souvenait. Parfaitement claire dans sa mémoire, sa voix et son intonation, sa manière de prononcer son prénom, Tarkan, avec l'accent de là-bas, pas à la française. Personne ne l'avait jamais si bien dit.

– On peut être la femme de quelqu'un, à dix ans ?

elle avait demandé et il n'avait pas répondu parce que les mots ne lui sortaient pas facilement de la bouche.

Peut-être qu'il était comme son père, qu'il gardait ses phrases quand les émotions étaient trop grandes. Il avait dix ans, aussi, et la réponse, si elle était évidente, n'était pas forcément vraie. Mais il s'était assis à ses pieds et il avait sorti les deux bagues et lui avait délicatement pris la main. Il l'avait épousée. Devant la mer et les montagnes blanches qui se hissaient directement vers le ciel.

À l'ancienne.

3

Lola Déal était la fille de Bernard Déal, proviseur du lycée Eugène Sue, établissement qu'elle fréquentait depuis deux ans, ce qui la faisait suer profondément. C'est ce qu'elle pouvait écrire cinquante fois par jour à Clara. Des textos où elle répétait: Sue me fait suer et elle rajoutait « chiotte » ou « bordel » ou « porca miséria », selon son état d'humeur. C'est qu'avant, elle s'était retrouvée en Corse, cinq ans, et elle avait eu le temps de maîtriser le vocabulaire de base pour y survivre. Au gré des changements de poste de son père, elle avait également abordé le petit Marseillais en deux leçons, ce qui avait élargi son champ lexical au niveau de l'entre-jambes.

C'est là qu'elle prévoyait de vivre, quand elle aurait passé son bac. La mer lui manquait et l'accent des gens et même le mistral, qui sciait la peau et découpait les lèvres. L'essentiel était ce ciel si bleu, la course des nuages poussés par le vent, le soleil même en hiver. Elle voulait aussi y retrouver sa mère. Ses parents avaient divorcé là-bas. Lola n'avait pas questionné son père sur les raisons de la séparation, elles étaient trop évidentes. Elle se souvenait des disputes, et des assiettes qui volaient lors de repas parce que sa mère adorait briser, rompre et émietter. Son père, le si sévère, si impressionnant, le si rigide Bernard Déal, se ratatinait dans un coin de la pièce. Sa plus grande crainte était que les voisins, des enseignants tous logés dans les appartements de fonction, n'entendent les éclats des cris que poussait sa femme.

Ex-femme.

Putain d'ex-femme, il pensait, son père.

Même s'il ne le disait pas à sa fille ouvertement. Il prononçait son prénom comme on manie de la nitroglycérine, avec, en arrière-plan, l'idée qu'elle pouvait exploser sans prévenir. Catherine, ta mère, il disait. Puis il se contentait d'un petit silence que Lola comblait. À sa guise. Cette traîtresse, cette menteuse, cette folle.

Qui l'avait trompé avec toute la Canebière. La rue entière lui était passée sur le corps avec la gare au bout et l'ensemble des trains. Lola savait parfaitement ce qu'il pensait et c'était presque vrai. Sa mère avait tendance à l'amour facile. Elle avait enchaîné les aventures depuis son divorce. Elle pouvait le faire ouvertement et elle envoyait des mails à sa fille où elle racontait ses aventures et comment elle y croyait à chaque fois. Chaque nouvelle histoire d'amour était la dernière. La bonne. Celle qui allait la combler et le gars pouvait s'appeler Eric, Yassine, Bouboule, elle s'en fichait. Elle plongeait la tête la première et si jamais une bosse lui poussait, elle ne se plaignait pas. Elle remontait sur le cheval et oubliait les ruades de la bête pour s'emballer à nouveau. Avec la même naïveté. Le même enthousiasme. Un entrain de gamine.

C'est pour cela que Lola voulait revenir chez sa mère. Son sourire lui manquait, ses cris aussi, l'énergie, la chaleur qu'elle produisait, alors que son père était froid comme la banquise. Glacial et grinçant et triste. Et la tristesse, c'est une maladie contagieuse et Lola vérifiait, chaque matin, en se levant, si elle n'était pas atteinte. Elle se forçait à sourire, dans le miroir, en se lavant les dents. Elle faisait durer ce sourire toute la journée, l'étirait au maximum. Et quand elle croisait son père, elle en rajoutait une couche pour qu'il réalise que la vie était belle.

Et puis, surtout, Lola comprenait sa mère. Parce qu'elle était pareille. Un cœur d'artichaut. Une facilité à sombrer corps et âme au moindre soupçon d'amour.

Elle pensait même qu'elle avait dû naître dans cet état, avec un trou noir dans la poitrine, qui aspirait tout ce qui passait à portée de vue, pour se remplir. Un puits sans fond. Un abîme intersidéral qu'elle ne pourrait jamais combler.

Mais même si elle en était consciente, Lola ne pouvait pas s'empêcher d'aimer à tour de bras. Elle passait des heures à discuter avec Clara, pour lui expliquer à quel point elle était folle de Jules, le serveur du bar et son amie supportait avec patience sa description de ses belles mains et de son petit cul. Et quand c'était terminé et qu'elle passait à Youssef, en terminale ES, avec sa casquette en arrière et ses lèvres à baisers, Clara ne faisait aucun commentaire.

C'était une des raisons pour lesquelles elles étaient liées, toutes les deux. Clara ne la jugeait jamais.

Elle lui avait confié qu'à quatorze ans, elle avait couché avec le fils du prof de philo, son voisin de palier, qui avait vingt ans. Il l'avait allongée sur le lit de ses parents et lui avait juré qu'il était fou d'elle et elle avait ri, quand il était entré dans son corps, parce qu'elle l'aimait et que c'est ainsi qu'elle avait imaginé sa première fois. C'était presque agréable, et après il s'était excusé. D'avoir abusé d'elle. Qu'elle était trop jeune et il avait pleuré dans son cou. Les larmes du gars lui glissaient sur la peau et Lola avait pensé qu'elle ne l'aimait plus. Elle s'était écartée, et avait déclaré que c'était fini et comme ils étaient nus, elle avait ri, encore, devant ses yeux écarquillés. Le lendemain, elle avait rencontré Pedro, qu'elle avait gardé deux mois et qu'elle avait aimé à fond, usé jusqu'à la corde.

Le problème, avec l'amour, c'est qu'il s'étiolait très vite. Se délitait, finissait par partir en lambeaux ou se détachait lentement par plaques.

Lola n'était pas dupe. Il passait vite parce qu'elle le flambait. Elle le faisait cramer au soleil de sa passion et celui qu'elle accrochait devait avoir de la ressource. Elle rêvait d'un brasier éternel alors qu'elle n'était capable que d'une flammèche de cheminée.

Elle avait donc pris sa décision.

Son dernier amour avait été Joshua. Elle l'avait trouvé mignon, tout à coup, et avait cessé de le considérer comme son meilleur pote. Elle avait toujours adoré sa manière de ne rien prendre au sérieux et son rire qui se terminait par un ronflement, comme un petit cochon. Jamais elle n'avait pensé à lui comme un petit copain potentiel mais voilà, il était devant elle, une évidence, et son cœur s'était rempli de désir. Elle le voulait. Le toucher. Être à ses côtés. L'embrasser. Entendre sa voix. Tous les symptômes de l'amour qu'elle connaissait sur le bout des doigts.

Elle lui avait sorti le grand jeu. Les yeux de biche, les sourires, les mains qui se frôlent et cet imbécile était resté immobile. Quand elle lui avait avoué qu'elle l'aimait, il avait plongé son regard dans le sien et lui avait balancé que c'était n'importe quoi, un mensonge qu'elle se faisait à elle-même et qu'ils étaient potes, des vrais potes, bien à fond, oui, mais pas des amoureux.

Sur le coup, elle avait souri et pensé qu'il avait raison et qu'elle devait changer et que c'était mieux de rester amis, pour ne rien gâcher.

Et elle avait décidé de ne plus jamais, jamais, jamais, tomber amoureuse.

4

Quand on lui demandait, Ben Affleck, comme l'acteur ? Joshua répondait non, comme le restau.

Parce que son nom était un peu comme un boulet ancré à son pied. Il maudissait l'Amérique et Hollywood et les Américains et leur manie des prénoms raccourcis. Ben Affleck, l'acteur, la star, s'appelait sûrement Benjamin. Benjamin Affleck. Ce qui sonnait moins bien que Ben Affleck, alors que le grand-père de Joshua, Pierre Benaflek, était arrivé tout droit de Constantine, après l'indépendance de l'Algérie, en 1962. Sans rien, comme des chiens, il répétait, le papi, avec son dentier qui fichait le camp et son accent qui étirait ses mots. Dans la foulée, il avait fondé « le Cirta », un restaurant réputé dans toute la ville pour ses couscous et son tagine aux pruneaux. Récemment, il l'avait laissé en charge aux parents de Joshua mais traînait dans les parages en permanence, incapable de s'effacer. Un capitaine digne de son nom ne quitte jamais son navire, il marmonnait, quand on le trouvait le nez plongé dans les casseroles.

Benaflek, comme le restau, donc.

Même si c'était moins classe.

Sa chambre était située juste au-dessus de la cuisine. Joshua avait grandi dans les fumées et les odeurs épicées qui envahissaient constamment sa pièce. L'Algérie lui remplissait les narines, parfois jusqu'à l'écœurement. À six ans, il savait déjà faire une chouchouka, la salade de poivrons et de tomates marinés. La chorba ne lui posait aucun problème. D'après le grand-père, il avait le don. Souvent, il l'appelait en tapant contre le mur et Joshua le rejoignait, en bas, et les recettes que Pierre lui montrait étaient des secrets qu'il partageait avec parcimonie. Une responsabilité silencieuse qu'il déposait sur ses épaules. Leurs mains se croisaient sur le plan de travail, presque des caresses et Joshua se laissait bercer par la voix de son papi, toute sa musique. Cuisiner, c'était accorder des notes.

Le dimanche midi, quand toute la famille se réunissait pour manger ensemble, Joshua s'asseyait à la droite de son grand-père et il savait ce que cela signifiait.

Qu'il n'allait pas pouvoir échapper à son destin.

Reprendre « le Cirta ». Personne ne le lui disait mais il comprenait les sous-entendus. Il avait grandi avec.

Sauf que Joshua n'en voulait pas.

Les plats passaient comme les paroles et Joshua souriait. Il n'avait jamais été un enfant difficile et sa mère affirmait à ses amies qu'il lui faisait une adolescence idéale. Pas le genre à ruer dans les brancards. Pas insolent pour deux sous. Un vrai bonheur.

Beau comme un dieu, mon fils, elle disait, un vrai apollon. Des traits réguliers, un nez aquilin, une peau parfaite et des yeux bleus attrapés au hasard des combinaisons, que ses cheveux noirs rendaient encore plus transparents.

Joshua gardait le silence sur son projet.

Il ne l'avait pas partagé non plus avec Lola, Tarkan et Clara. Une sorte de superstition l'empêchait d'en parler. Il ne voulait pas entendre les commentaires, du genre, c'est n'importe quoi, c'est impossible, c'est un truc à la con, c'est pas un métier, c'est pas un futur, c'est que du superficiel et tu vaux mieux que ça et tu peux faire de belles études et le restau t'attend et toute la smala aussi.

Mannequin. Top model.

Faire des photos et porter des belles fringues et voyager, rencontrer la terre entière au lieu de tourner en rond entre quatre murs, coincé par la gazinière et les pots à cumin et le soleil d'Algérie qui s'affichait en photo sur les murs de la cuisine.

Sa grande ambition. Et c'est vrai qu'il se trouvait plutôt beau et qu'il pensait avoir ses chances. Il était grand et mince et cultivait une nonchalance calquée sur la démarche des hommes sur les plateaux des défilés et d'ailleurs, le regard des filles le lui confirmait souvent. Il n'en abusait pas.

Les histoires d'amour, ce n'était pas pour lui. Les complications qu'elles pouvaient engendrer étaient pénibles et Joshua se souvenait des nuits qu'il avait passées à pleurer, en CP, parce que Clara l'avait repoussé et qu'il l'aimait de tout son cœur. Une vraie folie et il aurait pu, il le savait, tout donner et se perdre dans la contemplation des yeux de Clara, toute sa vie. Sa mère en avait gardé une haine farouche et elle râlait quand elle apercevait la jeune fille. La bise qu'elle lui déposait sur la joue était froide et chargée de rancune.

La seule chose qui tracassait Joshua c'est qu'il ne l'avait jamais fait.

L'amour.

Il avait tripoté des filles, un minimum. La dernière en date, Johanna, s'était dévêtue, entièrement, sous son drap. Elle lui avait tendu les bras et il s'était glissé contre elle, avec son caleçon rabattu entre les jambes et s'était senti empoté. Une vraie patate, et son désir s'était évaporé en quelques secondes. Le préservatif lui avait échappé des mains et gisait sur le sol. Il avait bredouillé des excuses et Johanna l'avait consolé en le serrant dans ses bras parce qu'elle l'aimait vraiment et qu'elle le trouvait craquant.

Toutes les filles le trouvaient craquant. Même Lola s'y était mise.

Ce qui n'était pas un exploit.

Il ne voulait surtout pas mélanger l'amitié et l'amour et l'avait repoussée froidement mais elle avait fait jaillir la solution. Il lui manquait l'expérience et Lola semblait en avoir mais elle était son amie. Les femmes plus âgées étaient l'alternative. Pas les vieilles, les tapées, les cougars comme on en voyait dans toutes les pubs pourries sur internet. Pas des refaites qui convoitaient les petits jeunes en bavant. Pas le cliché de la nympho qui embarque un gamin pour lui faire son éducation sexuelle. Il voulait une vraie histoire avec une vraie femme. Mature. Mûre. Qui lui fournisse un mode d'emploi. Il avait lu en cours de français *Le diable au corps* et il se rêvait dans la peau d'un Radiguet moins tragique. Sans guerre mondiale, sans chagrin, sans soldats. Juste le bonheur de se retrouver dans les bras d'une Marthe du vingt-et-unième siècle.

Qui le dépucèle gentiment.

C'est ce dont il rêvait : un dépucelage, tout en douceur, qui allait lui ouvrir les portes du monde.

5

La première fois que Clara avait rencontré Lola, elle l'avait détestée.

Un petit matin frais du mois de septembre, avec un peu de ciel bleu, des paquets de nuages et un vent froid qui annonçait la fin des vacances.

C'était devant le lycée, le jour de la rentrée. Elle avait rendez-vous avec les garçons. Comme d'habitude, elle était arrivée un bon quart d'heure avant. Elle ne supportait pas les retards et avançait sa montre de cinq minutes. Souvent, Joshua et Tarkan se moquaient d'elle, ce qui la laissait indifférente. La panique pouvait la saisir dès qu'elle pensait avoir raté son heure. Elle préférait attendre qu'être pressée, courir, transpirer, s'inquiéter, se dépêcher.

La liste des élèves était affichée derrière une vitre en plastique et Clara se réjouissait à l'idée de se retrouver dans la même classe que ses deux amis. Elle n'avait pratiquement pas quitté Joshua depuis le primaire. Tarkan les avait rejoints en quatrième. Ils poursuivaient leur chemin ensemble.

Une bonne année en perspective.

Sa mère racontait que la première avait été pour elle une révélation. La liberté. L'impression de grandir. L'indépendance, l'autonomie. Son beau-père,

Philippe, confirmait. Mais c'était son habitude. Jamais il ne contredisait sa femme et Clara le surnommait « Monsieur Béni-oui-oui ». Sans le dire à sa mère qui en aurait été traumatisée. Depuis qu'elle avait commencé son analyse, chez la psy, elle pleurait souvent puis s'excusait en répétant, je suis suivie, tu comprends, ma chérie ?

Clara ne comprenait pas vraiment en quoi le fait d'être suivie permettait de fondre en larmes, mais elle rassurait sa mère en lui pressant la main d'un geste très adulte qu'elle avait vu faire dans un film. Et elle rejoignait Philippe qui s'occupait des jumeaux, dans la salle de bain ou la cuisine, pour lui filer un coup de main. Les petits avaient presque un an. Lucien ne dormait pas la nuit et Anton ne faisait pas la sieste. Ce qui pouvait également expliquer les pleurs abondants de sa mère.

Son beau-père assurait, dans l'ensemble. Il n'élevait pas la voix. Sa patience était illimitée et Clara trouvait sa constance admirable. Les kilos qu'il avait pris récemment lui donnaient l'air d'un panda. Quand Clara s'engueulait avec lui, elle ne pouvait pas s'empêcher de le trouver mignon, quand il prenait cette grosse voix ridicule. Les pandas ne râlent pas.

Ils font des câlins.

Mais s'engueuler avec son beau-père était normal et quand elle lui renvoyait à la figure qu'il n'était pas son père, qu'il n'avait pas d'ordre à lui donner, il lui répondait, heureusement, que ça lui ferait mal d'avoir pondu une gamine comme elle et elle se vexait et elle claquait la porte.

Ils se réconciliaient en silence, quand elle allait s'asseoir près de lui, sur le canapé, la nuit, et qu'elle piochait dans le paquet de pop-corn qu'il avait préparé exprès. Fait maison, avec du caramel fondu, fait maison également. Parce que c'était le spécialiste du fait maison, Philippe.

Un panda, béni-oui-oui, fin cuisinier, et sa mère avait de la chance de l'avoir rencontré.

Clara attendait donc devant le portail du lycée en se rongeant l'ongle du pouce. Son regard avait été attiré par une silhouette. Jaune. Entièrement jaune. Pétard. Une jupe courte, un pull, des bottes jaunes. Du plus mauvais goût. Et la fille qui portait ces vêtements souriait. Une petite brune avec un carré plongeant et un nœud posé sur le côté. Jaune aussi.

Un sourire abominable. Comme un soleil trop chaud qui file des coups et rougit la peau sans se soucier des mélanomes qu'il peut créer.

Les têtes s'étaient tournées vers elle. Les quelques élèves présents la regardaient tous. Et l'autre s'était immobilisée au centre du parvis, devant le bâtiment principal et elle recevait les regards comme un hommage. Clara avait pensé que ce devait être une sacrée pute, en considérant la taille de sa jupe, qui s'arrêtait juste sous ses fesses, qu'elle avait jolies, mais ce n'était pas une raison.

Pute était un peu fort, d'accord, mais elle n'était pas la seule à le penser, vu la tête d'Herta.

Herta, ce n'était pas son vrai nom.

C'était Alberta Vanderbum mais Clara l'avait surnommée Herta à cause de son air de saucisse cuite à l'eau. Une vraie langue de vipère. Au collège, elle avait lancé le ragot le plus ignoble de tous les temps. Elle avait proclamé que Clara sortait avec Joshua et Tarkan, en même temps. Un truc de pervers. On lui avait transmis un mot qu'elle avait écrit : « Clara B. fait des partouzes », ce qui avait eu le don de la rendre folle de rage. Elle avait rattrapé Alberta dans les toilettes, pour lui plonger le crâne dans la cuvette mais la grande s'était échappée. Depuis, Clara cultivait sa haine. C'était son ennemie personnelle numéro un et elle s'était promis de lui faire la peau, à un moment donné de sa vie.

Herta était accompagnée de sa bande habituelle. Des filles insignifiantes qui devaient chourer dans les supermarchés le maquillage qu'elles se collaient sur la figure, en gros paquets presque fluo. Elles étaient cinq. Un club entier.

Le phénomène est connu. Plus nombreux on est, plus crétin on est.

Elles s'étaient avancées en masse sur la fille en jaune. Un troupeau de vaches. Clara avait observé de loin leur vol serré et la façon qu'elles avaient eu de bousculer la fille qui ne perdait pas son sourire. Au bout de cinq minutes, quand Herta avait commencé à s'exciter, elle s'était dirigée vers le groupe.

Pas forcément pour défendre l'autre en jaune.

Juste pour flairer les choses.

Herta insultait la fille. Elle la traitait de pouffe et les copines rigolaient, et quand Lola avait saisi Herta par les cheveux, Clara avait surgi, sans réfléchir, et elle avait filé des coups. Au hasard. Sans être trop précise. Fallait pas faire dans la dentelle. Sans crier non plus, pour pas se faire remarquer. Et Lola, qu'elle ne connaissait pas encore, se battait avec la même énergie et ses claques résonnaient sur le parvis et c'était drôle, de se retrouver près de cette fille, qui sentait bon, qui balançait des taloches en souriant.

Joshua et Tarkan étaient arrivés en courant et les avaient séparées, avant l'arrivée des pions. Ils avaient dégagé la bande à Herta. Cette dernière était partie en crachant par terre pour marquer sa déclaration de guerre.

Dans la main gauche de Clara se trouvait une mèche blonde arrachée au scalp de son ennemie. Et même si elle avait son blouson déchiré et le visage rouge et le pif explosé, Clara était ravie.

Elle s'était tournée vers Lola. Qui riait. Et elle avait eu envie de la serrer dans ses bras. De renifler son odeur encore. De se frotter contre elle pour capter un peu de sa formidable énergie.

Elles s'étaient retrouvées le jour même dans le bureau du proviseur qui avait appris l'histoire. Monsieur Déal était un homme impressionnant et quand Lola l'avait appelé Papa, Clara avait eu du mal à faire le lien entre eux. Elle était tout le contraire de son père.

Il leur avait passé un savon. Surtout à sa fille. La honte qu'elle lui faisait et le respect qu'elle lui devait et si elle ne se comportait pas bien, il l'enverrait dans un internat, croupir sous la férule des bonnes sœurs et un peu d'ordre et de morale lui feraient du bien pour redresser la barre. Elle avait intérêt à se ressaisir si elle ne voulait pas mal finir.

Clara avait senti qu'il était à deux doigts de la traiter de pute, sa propre fille. Elle s'était juré de ne plus jamais penser ce mot à propos de Lola. Elle serait son amie. Et elle la défendrait bec et ongles.

Lola avait laissé son père parler sans protester et, les yeux baissés, elle avait gardé ses mains sur les genoux, mais Clara voyait l'ombre de son sourire qui planait et elle avait eu le même. Quand elles étaient sorties, deux heures de colle aux fesses, elles s'étaient accordé un temps dans un café. L'une à côté de l'autre, proches comme si elles se connaissaient depuis des lustres. Une évidence.

Les garçons les avaient rejointes et ils avaient passé la soirée à parler.

De n'importe quoi, des films qu'ils aimaient, de la musique, des vacances et Clara pouvait sentir à quel point Lola était heureuse et ce bonheur les réchauffait tous.

Le jaune était bien sa couleur.

6

Se réunir chez Tarkan, ce n'était pas possible. Sa petite sœur avait neuf ans. Elle partageait sa chambre en passant son temps sur le lit de son grand frère. Une vraie tête de mule qui chantait les airs pourris des rengaines pour ados qu'elle n'était pas censée connaître. Il avait beau la chasser, elle revenait comme une guêpe sur son morceau de poulet. En plus, sa mère était une vraie maniaque du rangement. Elle nettoyait partout, systématiquement, en balayant, en même temps que les poussières, toute trace d'intimité. Et les invités, peu importe leur âge, devaient passer par la case: «je-bois-le-thé assis-sur-le-fauteuil-en-face-de-la-maîtresse-de-maison-qui-reçoit-en-grandes-pompes-ses invités» et Tarkan ne pouvait imaginer Lola avec la porcelaine de sa mère entre les doigts.

Clara n'avait même pas proposé sa chambre. Elle avait déménagé dans un placard, à la naissance des jumeaux, pour leur laisser le plus grand espace possible et ce n'est pas dans son deux mètres carrés qu'ils auraient pu tenir à quatre. Son lit minuscule s'encastrait dans son bureau. L'armoire prenait toute la place. Elle entassait ses vêtements sur sa chaise et sa mère, elle, ne s'occupait absolument pas du ménage.

À l'opposé de chez Tarkan, l'excès d'intimité devenait salissant. Quand elle ne pouvait plus supporter son empilement de fringues et le tas de moutons qui s'était formé sous son lit, Clara pratiquait la tactique de la terre brûlée. Balancer le tas dans le lave-linge, sans trier. Elle passait la serpillière en aspergeant le sol de javel. La fenêtre grande ouverte, elle laissait l'air envahir sa tanière. Et elle expliquait que le paludisme était une maladie mortelle qui pouvait se transmettre par la saleté, ce qui était n'importe quoi et la mine coupable que prenait sa mère était la meilleure des revanches.

Chez Joshua, c'était envisageable. Il était fils unique. Pas de frères ou de sœurs à gérer. Le seul problème, c'était le grand-père. Il rôdait dans toute la maison, passait du restaurant à l'étage, pour parler. Il frappait à la porte avant d'entrer parce que c'était un vieux monsieur poli mais il n'attendait pas l'autorisation pour débouler dans la chambre. Joshua les avait fait mourir de rire en racontant comment son papi l'avait surpris, nu, à son bureau, devant son ordinateur, en érection à cause d'une photo suggestive.

Je vois que je dérange, avait énoncé clairement le grand-père.

Et il s'était installé derrière son petit-fils pour regarder l'écran et plus jamais Joshua n'avait regardé d'images pornos. Une vraie vie monacale dans sa chambre, de quoi envisager une sanctification.

Finalement, le meilleur endroit, le plus adapté, c'était chez Lola.

En plein milieu du lycée, au cœur de la cité interdite. À quelques mètres au-dessus des élèves et des profs qui ignoraient qu'un tel espace de liberté pouvait exister.

L'appartement de fonction se trouvait au dernier étage du bâtiment principal. De la cuisine, on apercevait le parvis et le boulevard extérieur. La chambre de Lola, de l'autre côté, donnait sur la cour du bahut. Une vue royale. On pouvait voir les groupes se former, les mouvements de la foule aux heures de circulation. Observer les habitudes de Monsieur Taller, le prof d'EPS, qui fumait systématiquement derrière le poteau de la cantine avant d'y entrer et abandonnait ses mégots sur le sol sans se soucier de l'écologie. Les baisers échangés par les amoureux derrière le préfabriqué qui servait de foyer. Les zones de non-droit étaient toutes à leur portée et les quatre se sentaient comme des dieux de l'Olympe contemplant l'agitation vaine des humains.

La pièce était plutôt grande, avec une cheminée, des moulures au plafond. Le lycée datait des années 1920 et, au fil des modifications, la chambre avait dû servir de salon et peut-être même de cuisine. Lola n'avait rien accroché aux murs. Elle avait avoué aux autres qu'afficher des images, c'était s'installer et elle n'avait aucune envie de poser ses valises quelque part. Elle se sentait en transit. Lc blanc qui l'entourait la rassurait, une sorte de neutralité apaisante.

Un grand lit, une planche sur deux tréteaux. Des rideaux jaunes qui éclairaient plus qu'ils ne masquaient le jour. Un chauffage en fonte, immense, qui gouttait quand l'eau chaude circulait dans le bâtiment. La plomberie grinçait, et se tordait presque à travers le plâtre qui s'effritait par endroits.

Et une photo encadrée de la mère de Lola, posée en équilibre sur la chaise qui lui servait de table de chevet. On la voyait seule, debout devant un cheval, en tenue d'équitation, les cheveux attachés en arrière, la bombe sous le bras.

C'est une belle femme, avait apprécié Joshua.

Ouais, avait répondu Lola.

Elle avait l'habitude de ce genre de compliment. Et de la minute suspendue d'admiration que pouvait susciter la première vision de l'image de sa mère.

Dès qu'un prof était absent, qu'une heure de cours sautait, ils se ruaient vers la chambre. Pour se serrer sur le lit de Lola. Et causer. Fumer. Causer encore. Écouter les playlists que Tarkan passait un temps fou à élaborer. Du rock, essentiellement et il avait fait découvrir Nirvana à Lola qui, apparemment, n'écoutait avant que de la soupe à minette. Toute l'année de seconde, ils l'avaient passée dans cet antre. Leur nid. Clara posait sa tête sur les cuisses de Joshua qui se calait contre le dos de Tarkan et Lola s'incrustait sur eux. Une vraie portée de chiots. Ils remuaient en même temps, se retournaient, se décollaient, se resserraient. Se reniflaient et Tarkan avait commencé à mettre du déodorant le jour où Lola, le nez sous son aisselle, avait affirmé qu'il sentait le bouc pakistanais alors qu'il était turc et Clara s'épilait régulièrement, le jeu favori des garçons étant de lui arracher les poils de ses mollets. Joshua ne faisait plus attention au gel dans ses cheveux, et sa coupe pouvait s'effondrer, il s'en fichait.

Ils tombaient malades ensemble, s'éternuaient dessus, se morvaient à la figure. Les filles pissaient la porte des toilettes ouverte pour ne pas perdre une seconde le fil de la conversation et quand ils n'avaient rien à dire, ils se taisaient et le silence était un plaisir qu'ils se faisaient passer, comme on fait tourner une cigarette.

C'étaient les meilleurs amis.

Une certitude qui valait tous les serments.

7

Clara, outre sa manie de se ravager les ongles, ne supportait pas d'avoir le nez bouché. Au moindre petit rhume, elle se trimballait avec une caisse entière de kleenex, qu'elle n'utilisait qu'une seule fois. Le rituel était précis. D'abord, elle dépliait le mouchoir, d'une flexion précise du poignet. Elle s'appliquait le tissu, grand ouvert, sur le visage. Il lui couvrait ainsi les joues, la bouche et le menton. Elle se penchait légèrement en avant, en secouant la tête, comme si elle niait le fait que c'était n'importe quoi, cette façon de se dégager les narines. En soufflant fort, elle donnait l'impression d'expulser tout l'air contenu dans ses poumons. Elle terminait l'opération en retirant son mouchoir avec des airs de princesse indignée et contemplait son contenu.

Lola observait son amie. C'était le troisième qu'elle utilisait en cinq minutes, rien ne sortait et pourtant, Clara continuait à s'acharner sur son pauvre nez, rouge et irrité de tous les côtés.

– Tu cherches quoi ? elle avait fini par grommeler.

Clara l'avait regardée et elle s'était concentrée sur l'ouverture de son quatrième mouchoir.

– Parce que tu vas rien trouver, avait continué Lola. Que de la merde.

Aucune réaction.

– C'est pas ton genre, de chercher la merde, pourtant.

En temps normal, Clara aurait ri. Lui aurait balancé un coussin et elles se seraient roulées l'une sur l'autre, sur le lit, en riant. Elle était, cette après-midi, silencieuse. Les orages intérieurs de Clara étaient sombres et quand le vent tournait trop fort, elle se taisait.

Ou se mouchait.

Ou attendait que la tempête passe et Lola savait la distraire.

Mais pas aujourd'hui.

Les deux filles étaient installées sur le lit, avec la fenêtre ouverte, et les paroles des élèves qui circulaient dans la cour leur parvenaient par vagues. Un bruit diffus qui ressemblait au reflux de la mer. Clara se tenait assise, raide, le dos appuyé au mur et Lola, allongée sur le dos, en sens inverse, appuyait ses jambes contre les montants en bois.

– T'as des soucis ? avait fait Lola.

Le majeur dans la bouche, pour raser le restant d'ongle qui tentait d'affleurer, comme seule réponse.

– T'as des problèmes ?

La peau aussi peut être rongée, quand il ne reste plus d'ongles. Avec les dents, on détache des petits bouts de chair qui lâchent des minuscules gouttes de sang et les doigts peuvent s'infecter et tripler de volume.

– T'as du chagrin ? C'est pas avec un panaris que tu le feras passer !

Clara avait sorti son doigt de la bouche et elle contemplait sa main, abîmée comme une main de vieille qui aurait passé sa vie à faire le ménage. Avec ce qui restait de son nez, elle se sentait moche et elle se serait bien enterrée sous la couette, pour ne plus bouger de la journée. Lola était toujours d'humeur égale. Clara ne parvenait pas à comprendre comment son amie pouvait contenir ses sentiments, parce que, merde de merde, y avait des raisons pour se foutre en boule et râler et quitter ce sourire qu'elle avait agrafé à sa bouche. Peut-être que Lola se droguait ? Qu'elle carburait aux extas et que, du coup, ce bonheur de plastique était faux.

Ce qui était peu probable, étant donnée l'aversion que Lola avait pour l'alcool. Même une bière la faisait vomir et lorsque les trois autres faisaient circuler une bouteille, ou un joint, elle s'écartait.

– Non, j'en veux pas, elle disait et les autres riaient à cause de son air sévère de mère la pudeur.

Question pudeur, Lola n'était pourtant pas un modèle.

– Vas-y ! Accouche !

Les yeux de Lola pétillaient, comme toujours. Tout le monde la trouvait belle et l'amour, pour elle, n'était pas un problème. Il lui suffisait de claquer des doigts ou de battre des cils. C'était injuste, cette mauvaise répartition et l'égalité des chances n'était pas respectée. C'est pour cette raison, à cause de la couleur parfaite des yeux de son amie, que Clara avait enfin lâché le morceau.

– J'ai pas de chagrin !

Lola avait planté son regard dans celui de son amie.

– Cool. C'est bien. Non ?

Clara avait pris une profonde inspiration que son nez bouché avait transformée en sonnerie de trompette mal embouchée.

– Je n'ai jamais eu de chagrin. Rien. Tu comprends ? C'est comme si mon cœur était vide et qu'il ne servait à rien et la seule chose que je sais faire, c'est vivre à côté des autres, des mecs, sans les aimer. Je passe et je les observe et je les trouve sympas ou gentils ou cons ou débiles. Je veux un chagrin d'amour ! Un vrai. Une histoire, et même si elle se termine mal, je m'en fiche. Je voudrais que tu me consoles. Que tu me dises : « un de perdu, dix de retrouvés » et je veux bien en retrouver dix mille. Profiter de la vie parce que là, j'ai un désert à l'intérieur. Le Sahara.

Lola n'avait rien trouvé à répliquer. Elle l'avait imaginée, au début, amoureuse de Tarkan, à quelques détails. Sa façon de se tourner vers lui dès qu'il parlait. Clara le charriait sans arrêt et dès qu'il évoquait sa petite amie turque, elle s'énervait. Mais celui-ci ne décrochait pas de son Ufuk du bout du monde, la parait de toutes les qualités. Les autres filles, à côté, n'étaient que des ombres, des pâles copies.

Elle avait souvent pensé que si Clara n'en parlait pas, c'était sans doute parce qu'elle était pudique.

Question pudeur, Clara était un cas d'école.

– Moi c'est le contraire, elle avait lâché.

Un groupe d'élèves riait sous les fenêtres, comme en écho aux paroles de Lola et elle s'était fait la réflexion que décidément, elle ne pouvait rien faire avec sérieux. Même les fonds sonores contribuaient à ridiculiser ses essais de gravité.

– Je ne peux pas m'empêcher d'aimer. Faut que je tombe amoureuse. Comme si je me remplissais le bide à ras bord. Être pleine. Jusqu'à vomir. C'est pire qu'une angoisse. Parfois, j'ai peur. De tomber sur n'importe qui, n'importe quoi mais c'est plus fort que moi, tu vois, plus fort que tout et j'en ai marre. Je m'accroche aux mecs et je deviens une sangsue. Quand c'est fini, je me détache et j'attends le suivant pour m'agripper à lui et le vider. Et si le gars résiste, il me le faut, et je ferais n'importe quoi pour l'avoir, tu peux pas imaginer.

Elle s'était levée pour refermer la fenêtre et quand elle s'était retournée, Clara lui faisait face.

– J'ai dit à Joshua que je l'aimais.

Sa déclaration n'avait pas eu l'air de surprendre Clara.

– L'autre soir. Au cinéma. C'était trop gros et je débordais alors je lui ai dit qu'il me plaisait et que je pensais l'aimer, et que je voulais bien l'embrasser, et le reste, et il a fait une tronche de trou du cul de poule en arrondissant sa bouche. J'ai pas pu voir le film. Il m'a sorti son discours sur l'amitié entre les hommes et les femmes et que c'était la seule chose qu'il ne fallait pas rater, cette amitié. Les gens, devant, se sont retournés pour lui faire signe de se taire mais il a continué, une heure, à me bassiner avec sa fidélité. Que le sexe gâchait tout. Je n'avais qu'une envie. Partir. Me casser de la salle.

– Je sais. Il nous l'a dit. Il était embêté.

Lola avait poussé un long soupir. C'était normal que Joshua raconte tout aux deux autres et que Clara soit au courant et comme d'habitude, son amie ne l'avait pas jugée. Ni Tarkan d'ailleurs.

– Comment je vais faire maintenant, Clara ? Je voudrais revenir en arrière. Ne pas m'emballer si facilement. Rester tranquille.

Les deux filles se faisaient face et le soleil avait percé, à travers les lourds nuages, juste à ce moment et les avait enveloppées dans un rayon de poussière chaude dans lequel elles semblaient flotter.

– C'est l'heure des grandes décisions, avait dit Clara.

Une belle phrase, avait pensé Lola.

8

Très tôt, Tarkan avait reçu un texto de Lola, lui demandant de la rejoindre chez elle, le plus rapidement possible. C'était un samedi matin et il devait accompagner sa mère au marché. Les sacs étaient lourds et depuis quelque temps, elle se plaignait de douleurs dans son dos et ses jambes. Tarkan avait pris l'habitude de venir, de saluer au passage les marchands et s'apercevait que sa mère était connue de tous. Elle bavardait et son accent, terrible, ne semblait gêner personne. On la reconnaissait et la vieille femme qui vendait les pommes de son jardin en offrait une, à chaque fois que Tarkan passait devant elle, en s'exclamant : il est magnifique, votre fils, Madame Torlü !

Oui, répondait sa mère et son sourire était éclatant. Tarkan la soupçonnait d'exagérer son mal pour pouvoir déambuler dans les allées en sa compagnie.

Le texto était plutôt clair : Les gars, urgent ! Chez moi ! Dans 1h !

Il s'était excusé auprès de sa mère qui n'avait rien dit, aucune protestation, mais s'était acharnée sur la plaque de cuisson qu'elle dégraissait. Une façon de pulvériser toutes les formes de résistance qu'elle pouvait croiser.

La pluie commençait à tomber quand il s'était aventuré dehors. Un vrai temps de mars, avec des giboulées inattendues qui tombaient sans faire dans la dentelle, et effaçaient le soleil. Il avait rabattu la capuche de son sweat sur sa tête. Le lycée n'était pas très loin. À quelques centaines de mètres, se trouvait le restaurant des parents de Joshua. Une devanture surchargée en décorations orientales, pour faire comprendre aux passants que l'ingrédient principal, c'était bien la semoule des mille et une nuits.

Son ami l'attendait, assis sur le rebord, à l'abri des gouttes d'eau que le ciel crachotait, une cigarette au bec. Un genre qu'il voulait se donner depuis qu'il avait découvert James Dean et ses photos. Personne n'était dupe, dans le groupe, de son regard par en dessous et de sa nouvelle manière de rouler les épaules et les clopes.

Plus Jean que James, disait Lola.

Plus d'âne que Dean, rajoutait Clara.

Il s'était installé à côté de lui et son ami lui avait proposé son paquet de tabac à rouler. Tarkan avait refusé, c'était trop tôt, il n'avait pas envie de s'arracher la gorge.

– On est convoqués, avait commencé Joshua.

– Yep.

– Tu sais pourquoi ?

– Nop.

– Tu as fait une connerie ?

Tarkan avait ri.

– Pas que je sois au courant. Et toi ?

– Mis à part le fait que j'ai envoyé Lola se faire voir chez les Grecs, je crois pas.

Derrière eux, à l'intérieur, une porte avait claqué. C'était sans doute le grand-père de Joshua qui s'agitait avec son balai.

– Il commence à perdre la tête. L'autre jour, il a posé sa main sur mon épaule et il m'a demandé si je me souvenais de Madame Houria, rue Alexis Lambert, et comment elle était belle, cette dame, et qu'il aurait dû lui dire, à l'époque. Il la trouvait charmante, et c'est elle qu'il aurait dû épouser. J'ai répondu, non, Papi, je n'étais pas là-bas, je n'étais pas né et il m'a juste regardé et il a fait, ah. Ah, tu vois. Rien d'autre. J'ai eu envie de lui dire d'aller au lit, de se reposer mais tu le connais, il m'aurait planté son couteau dans la main alors j'ai laissé tomber.

La voix du grand-père avait tonné. Il râlait contre la chatte qui avait passé la nuit dans la salle. Ses poils s'incrustaient dans les recoins et le matin, il nettoyait et pestait tout en envoyant bouler l'animal, du bout du pied, sans délicatesse. Et la bête, têtue, persistait à se frotter contre ses jambes et les deux ne cessaient de se disputer et de se recoller, entre le seau d'eau et les serpillières.

– Je crois que je vais la retrouver, avait lâché Tarkan.

Joshua n'avait pas réagi. Il contemplait le petit courant d'eau qui s'était formé dans le caniveau. Le soleil de la veille avait disparu et le vent froid qui soufflait lui donnait des frissons et rougissait le bout de son nez. Son grand-père, en bon macho, affirmait que les femmes étaient toutes du printemps, cyclothymiques et imprévisibles.

– Je rêve d'elle souvent.

Tarkan parlait, les yeux dans le vide, comme s'il cherchait à comprendre quelque chose et que la solution lui échappait.

– Elle a dix ans, dans mes rêves, et tout à coup, elle vieillit. Je vois son visage changer et se rider, se flétrir, fondre et ses cheveux devenir gris. Elle me parle. En chuchotant. Elle dit : tu passes, tu ne m'aimes pas, tu vas m'oublier et m'enterrer dans un coin de ta mémoire et c'est pire que si c'était une tombe en pierre. Je crie, la nuit. Je hurle. Je réveille ma sœur. Je hurle : je viens, attends-moi. Et ma sœur pose la main sur mon front pour que le cauchemar s'arrête. J'ai presque son odeur, pour de vrai, qui m'entoure. C'est si réel que je ne peux pas me rendormir.

– C'est qu'un rêve. Une idée fixe.

Tarkan savait ce que Joshua pensait. Son amour pour Ufuk, c'était comme de la barbe à papa. Trop rose, trop sucrée et quand on la prend entre les doigts, les filaments entremêlés fondent. Disparaissent. Le meilleur moyen de l'apprécier, c'est de ne pas en manger. Juste la regarder, imaginer son goût.

Et se rabattre sur un bon steak.

– Faut que je la revoie. Je dois savoir si l'image que j'ai d'elle correspond à la réalité. Si elle veut de moi, encore.

– Et toi, tu voudras d'elle après ? Imagine qu'elle ait viré gros boudin. La tête d'un mouton, des pattes de mammouth et une haleine de chacal.

– Peut-être, mais je dois vérifier.

Un bruit de verre brisé, dans la salle, derrière eux, les avait fait se redresser et Joshua avait poussé Tarkan sous la pluie.

– Il va être de mauvaise humeur, le papi, vaut mieux pas qu'il nous attrape. J'ai pas envie de passer la raclette toute la matinée.

Les deux garçons s'étaient avancés sous la pluie. Ils marchaient épaule contre épaule, le même pas, le même rythme. Les filles, souvent, avaient du mal à les suivre parce qu'ils s'ajustaient bien et elles devaient courir pour rester au niveau. C'était leur habitude. Tanguer, se frôler, foncer.

Le lycée se profilait au loin, bloc massif de pierres grises. Au dernier étage, comme une vigie, se trouvait l'appartement de Lola et le tissu rouge qui apparaissait à la fenêtre du coin signifiait que son père n'était pas là. Un code qu'ils avaient élaboré.

Joshua s'était immobilisé sous le porche.

– Tu vas vraiment le faire ?

– Quoi ?

– Aller en Turquie et retrouver Ufuk.

Tarkan avait poussé un soupir et s'était adossé contre le mur en ignorant les gouttes d'eau de pluie qui suintaient.

– Mon père part dans quelques jours. Sa sœur est malade et elle lui a demandé de venir, alors il va prendre l'avion. C'est sa sœur aînée, celle qui l'a élevé, presque sa mère. Il m'a demandé de l'accompagner. Pour le soutenir, je crois, parce qu'il n'a pas trop de courage et c'est l'occasion de revoir la famille et le pays. J'ai pas encore répondu. Je ne sais pas quoi faire.

Joshua s'était appuyé contre le mur à son tour et il s'était roulé une cigarette. Si Tarkan partait, il devait lui aussi prendre sa vie en main.

– Donc, c'est le moment des grandes décisions, il avait dit.

Et Tarkan avait eu exactement la même pensée que Lola.

9

Les quatre avaient juré.

Craché.

Pas sur le sol de la chambre de Lola parce que c'était franchement dégueu de cracher par terre. Par la fenêtre. Et leurs crachats avaient volé jusque dans la cour du lycée et heureusement, personne ne s'y trouvait, pas même le fils de la comptable, qui habitait en dessous et qui passait son temps à faire de la trottinette.

Un crachat, ce n'est pas grand-chose. De la raclure de fond de gorge, des microbes condensés dans une masse gluante et blanchâtre que la plupart des gens trouve dégoûtante et dont on ne parle pas.

Mais un crachat bien réussi, accompagné d'une promesse, peut être la marque d'un engagement profond et durable.

Ils s'étaient penchés et avaient basculé le torse en avant pour projeter ce crachat bien proprement, le plus loin possible et observer son vol et son atterrissage. Une vraie bombe atomique, avait commenté Tarkan, en admirant le style de Clara, qui savait cracher mieux que quiconque. Elle n'avait pas répondu, consciente que la modestie est la qualité des grands professionnels. Et elle avait encouragé Lola qui était une débutante en la matière.

Joshua avait été efficace, comme à son habitude. Un trait d'arbalète qui avait filé droit devant et s'était dissous dans une flaque d'eau.

La pluie avait cessé et le soleil, revanchard, chauffait et la chambre de Lola en était toute illuminée. Le jaune des rideaux les éclaboussait tous.

Les promesses étaient scellées.

Serrés les uns contre les autres, devant la fenêtre, ils regardaient le ciel se dégager des nuages qui l'encombraient et c'était comme si la nature s'accordait à leurs décisions.

Clara avait été la première à énoncer la sienne, juste avant la séance de crachats dans le ciel.

– Je jure qu'à partir d'aujourd'hui, je vais tout faire pour tomber amoureuse. Plusieurs fois d'affilée. Je ne vais plus avoir peur et je vais m'ouvrir et le premier qui veut m'aimer, je lui dirai oui, trois fois oui et s'il veut m'enlever sur un cheval blanc, je ne lui répondrai pas que je hais ces bestioles qui galopent la queue en l'air. Je jure d'arrêter de croire en rien. Je jure de changer et de devenir une fille, une vraie, qui s'habille bien et se met du rouge à ongles. Du coup, je jure de ne plus me ronger les ongles, même si c'est super difficile. Et je veux bien m'acheter des plaques pour me lisser les cheveux et ressembler à une femme. Et je ne roterai plus en buvant de la bière.

Tarkan avait soulevé son sourcil.

– Bon, peut-être pas ce dernier point. Mais voilà, je jure d'avoir des histoires d'amour et de rencontrer des garçons et d'essayer d'être heureuse.

Elle s'était tournée vers les trois autres. Joshua se tenait loin de Lola et elle sentait de la gêne entre les deux. Ils ne s'étaient pas fait la bise, pour se dire bonjour.

– À toi, elle avait lancé à son amie.

Lola s'était raclé la gorge. Elle avait l'air d'être sûre d'elle, en général, mais ceux qui la connaissaient bien savaient à quel point elle manquait d'assurance. En classe, elle ne participait jamais, par peur de dire des bêtises.

– Je jure de...

Elle s'était interrompue et avait regardé Joshua droit dans les yeux.

– Je jure de ne plus jamais me jeter à la tête de quelqu'un et de ne plus m'emballer pour rien. Je jure de me retenir et de réfléchir. Je jure de ne plus être facile. C'est ce que je suis. Une fille facile et je veux être une fille difficile. Et je regrette ce que je t'ai dit, Joshua, et je ne t'aime pas. Je veux dire, je ne t'aime pas d'amour et c'est mon problème, je ne sais pas faire la différence et quand j'aime un garçon, c'est mélangé, dans ma tête et dans mon cœur, et je jure de faire de l'ordre dans tout ce bazar. Et je vais commencer par toi et je jure que même si tu me suppliais pour qu'on couche ensemble, je t'enverrais paître. Et je jure de devenir froide comme la banquise et d'aimer une personne et une seule, pour le restant de ma vie.

– Ouaouh, avait fait Joshua.

– C'est ça, avait commenté Lola. Un seul amour, pour toujours. À toi.

Joshua avait quitté sa posture à la James Dean. Il s'était redressé et il ressemblait à un petit garçon étonné.

– C'est le moment des grandes décisions, avait dit Clara. Ce n'est pas un jeu, c'est sérieux. On s'engage à changer nos vies.

– D'accord, il avait fini par dire.

Il s'était avancé et avait placé sa main sur son cœur. Un geste de chevalier qui prête serment.

– Je jure de devenir un homme.

Il s'était tu. Lola l'avait poussé du coude.

– Tu vas te faire opérer ?

– Non, il avait râlé. Tu ne comprends pas ?

– Non, avaient fait Clara et Lola en même temps.

– Je jure de coucher avec quelqu'un, voilà.

Il leur avait décoché un regard meurtrier. La première qui osait faire un commentaire allait le regretter mais elles n'avaient même pas ricané.

– Mais pas avec moi, hein, avait juste dit Lola, en levant les mains.

Ils avaient ri ensemble et Clara avait pensé que la hache de guerre était enterrée, entre ces deux-là.

Ils s'étaient tournés vers Tarkan.

– On jure en crachant. C'est notre pacte.

Les trois autres avaient approuvé.

– Je jure de ne plus me mentir. Je jure d'essayer, toujours, de découvrir la vérité et de la comprendre. Je jure d'épouser Ufuk si je la revois et si elle est la femme de ma vie. Je jure de ne pas penser que je n'ai que dix-sept ans. Je jure de ne pas être raisonnable.

Je jure d'être fou, toujours, et de n'écouter que mon cœur. Pas la raison. J'emmerde la raison et les raisonnables et les rabat-joie.

Il s'était avancé vers la fenêtre.

– Maintenant, on crache et celui qui envoie le plus loin son glaviot est le plus couillu de nous tous !

Clara les avait battus à plate couture.

Acte 2

« Renverse, ravage, brûle, enfin épouse,
je te le permets si tu le peux. »

1

Les symptômes de l'amour d'après Lola, qui en connaissait un rayon et qui aurait pu en faire un roman :

1. La boule au ventre. Une sorte de masse énorme qui t'obstrue l'estomac et qui comprime tes intestins. Qui migre vers la gorge et te coupe la chique. Ton appétit peut s'en trouver diminué, ce qui est agréable si tu as quelques kilos à perdre mais, parfois, tout au contraire, tu peux te retrouver à engloutir des tonnes de bouffe pour compenser. La boule peut également réduire, se contracter. Ou enfler et envahir ta cervelle et là, tu ne peux plus réfléchir. C'est le signe de l'amour absolu.
2. La joie et la tristesse. Une alternance de moments euphoriques et de dépression. La vie paraît extraordinaire et tout à coup, sans prévenir, comme sur une montagne russe, tu chutes et tu te fracasses le dentier sur le sol rugueux de la réalité. À mettre en relation avec le degré d'attention que t'accorde ton amoureux. Un regard de lui et tu grimpes en haut de la tour. Un vrai yoyo émotionnel qui peut provoquer de l'insomnie, des diarrhées passagères, une tendance à larmoyer pour un rien et à éclater de rire trop fort.

3. Le cœur qui bat. C'est un symptôme évident. Il se met à cogner si fort qu'il pourrait s'échapper de la poitrine et s'enfuir sur ses petites jambes en te laissant vide de l'intérieur. Tu peux essayer de respirer, de calmer le jeu mais le cœur s'en tape. Il n'obéit pas. Tu ne peux pas le raisonner ni tenter de rétablir sa sérénité. L'amour, c'est tout sauf de la sérénité. C'est le chaos à l'intérieur. Le cœur qui tambourine, la chaleur qui te monte aux joues et tu ressembles à une tomate trop mûre qui va éclater.
4. L'électricité. Au moindre effleurement, un courant électrique te parcourt le corps pour aller se stocker dans ton ventre, qui devient une batterie. Tu pourrais recharger une voiture en panne rien qu'en branchant les câbles. Tes cheveux se dressent sur ta tête, tes poils perdent le sens de la gravité et si tu n'es pas épilée, tu te transformes en hérisson.
5. La mesure du temps. Une heure peut passer en deux secondes. C'est comme si tu entrais dans une autre dimension et que l'espace se contractait. Einstein a dû être sacrément amoureux dans sa vie. La théorie de la relativité, c'est de l'amour à l'état brut, traduit en formules mathématiques. Tu ne perçois plus la réalité. Elle prend un autre aspect, qui s'accorde avec tes battements de cœur accélérés.
6. La tendance à virer cul-cul. La pire des manifestations. L'envie de croire en l'humanité. Ne voir que le bon côté des choses et penser que grâce à l'amour, on peut surmonter toutes les épreuves.

Afficher un sourire niais. Même le plus cynique des hommes peut se transformer en Mère Teresa. La couleur de l'étendard de l'amoureux est le rose bonbon et sa fête nationale, la Saint-Valentin.

7. Le manque. La sensation de ne pas être au complet, la frustration. Comme un trou qui doit être comblé, une sorte d'abîme d'insatisfaction qui n'est rempli que par la personne aimée. Très désagréable et rageant. Le genre de torture qui te réveille à quatre heures du matin, avec la fringale mais sans l'envie de manger. La soif mais sans l'envie de boire. Un lancinant désir qui ne s'apaise pas.

Pour Clara, la grippe intestinale ressemblait fort à l'amour. Si avoir de la fièvre, transpirer et passer son temps sur les toilettes en étaient des manifestations, elle n'avait aucune envie de tomber malade.

Mais elle avait juré.

Craché.

Moussa Bentala, dit Boybaby, était en terminale S. Un grand gars qui marchait en se balançant, immense et magnifique. Le cliché du basketteur, rappeur, charmeur. C'est lui que Clara avait choisi. Pas par hasard du tout. Lola lui avait raconté qu'Herta en bavait pour lui et qu'elle aurait vendu père et mère pour sortir avec. Elle et ses copines fondaient dès qu'il apparaissait dans leur champ de vision.

Elles n'étaient pas les seules.

Clara l'avait observé. Elle l'avait même suivi, discrètement, à la sortie du lycée et devant l'arrêt de bus.

Au café où il s'installait après les cours. Elle avait pris des photos de lui avec son téléphone portable. Elle l'étudiait sous toutes les coutures pour essayer de lui trouver des défauts.

Il n'en avait apparemment pas.

Quand on lui parlait, il avait l'habitude de faire pivoter sa casquette sur son crâne. Avec les filles, il la faisait tourner plusieurs fois. Sa montre n'était pas serrée et glissait le long de son poignet. Il levait légèrement le bras pour la remettre en place. Quand il saluait ses amis, il effectuait un check compliqué en combinant son poing fermé et des envolées de doigts. Il riait fort, en levant le menton et son rire était communicatif. Clara s'était surprise à sourire en même temps que lui.

Les chansons de rap qu'il postait sur facebook étaient farcies de fautes d'orthographe mais la poésie n'a pas peur d'écorcher la langue française. La poésie ne craint pas d'offusquer les usages.

Parce que c'était un poète, Moussa. Des temps modernes. C'est ce qu'il écrivait dans ses textes, en faisant rimer « Je suis un poète des temps modernes » avec « je dis pas de balivernes », ce qui faisait tiquer Clara, qui trouvait que c'était une rime moche.

Mais l'amour rend tolérant.

L'amour rend agréable.

L'amour rend beau et elle voulait absolument l'aimer, lui, parce que toutes les filles en raffolaient et que c'était le seul digne de recevoir son affection. Elle voulait bien tomber amoureuse mais pas de n'importe qui. Il lui fallait le haut du panier. Celui qui faisait se pâmer toutes les filles.

Elle s'était assise près de lui, au self, et il l'avait ignorée, ce qui avait eu le don de l'énerver et Lola lui avait balancé une de ses théories : l'amour se nourrit de l'indifférence.

« Fuis-moi, je te suis, suis-moi, je te fuis. » C'était une bonne chose qu'il ne succombe pas immédiatement. Elle devait courir un peu après lui. La difficulté attise l'envie.

Clara avait testé les différents points de la liste de son amie. Quand il lui avait frôlé la main, elle n'avait pas senti grand-chose. Peut-être un léger picotement au bout des doigts. Une petite torsion au niveau de son ventre. Elle s'était réveillée à l'aube et effectivement, elle pensait à lui. Elle mangeait comme d'habitude et n'avait pas des envies soudaines de chocolat. Elle avait eu chaud près de lui, au café, mais c'était peut-être à cause du soleil qui revenait en force.

Elle n'était pas particulièrement de mauvaise humeur.

Elle ne voyait pas la vie en rose.

Au bout d'une semaine, elle lui avait dit qu'elle trouvait ses poèmes fabuleux et la casquette de Moussa avait fait une dizaine de tours sur son crâne, signe qu'elle ne le laissait pas indifférent.

Fonce, avait clamé Lola. Faut battre le fer tant qu'il est chaud.

Clara avait passé la soirée à imaginer un baiser avec Moussa. Comment il se serait penché vers elle, avec sa belle bouche, ses beaux yeux. Herta en serait folle de rage. C'était une bonne raison de ne pas hésiter.

Mais si elle prenait le temps de réfléchir, c'était sa seule motivation. Faire bisquer Herta. La rendre folle de jalousie en se pavanant au bras de Moussa. Une victoire de plus à son actif dans la longue lutte qui les opposait.

Elle avait beau essayer mais rien n'était monté des tréfonds de son estomac. Son cœur était vide. Pas de Moussa, pas d'envie de lui, pas de manque. Le même désert aride parcouru de vents sauvages qui lui sapaient les sentiments.

Une étendue de sable où rien ne pouvait pousser.

Elle n'était pas faite pour aimer les hommes.

2

L'inscription sur le site était très facile. Rapide. Gratuite. Un jeu d'enfant.

Joshua avait choisi d'abord comme pseudo « Josh-the-best » puis il s'était fait la réflexion que cela manquait de maturité. Il en voulait un percutant, qui marque l'imagination des personnes qui allaient consulter son profil. Un nom adulte, sérieux, une première impression positive. La photo qu'il avait choisie, en noir et blanc, floue, le vieillissait beaucoup. Il se tenait de profil, avec sa mèche de cheveux devant l'œil, un peu mystérieux. Il avait essayé de mettre en avant sa ressemblance avec James Dean, son sourire en demi-teinte, s'était donné vingt-sept ans. Dix ans de plus. Et il avait restreint le champ de ses contacts aux femmes entre trente ans et quarante ans.

C'était bien.

Des femmes avec de l'expérience.

Pas marquées par la vie, pas blasées. Pas naïves au point de croire que l'amour peut tomber du ciel ou de l'ordinateur mais suffisamment enthousiastes pour le chercher encore.

Restait la question de son pseudo. Il avait tenté Joshua tout simplement mais ils étaient nombreux, les Joshua, sur ce site. Il s'était retrouvé avec une suite incroyable de numéros et de lettres. Ce qui était assez humiliant, en fin de compte, et l'avait presque amené à renoncer à son projet. Près de trois millions de Joshua cherchaient l'amour.

Pour pouvoir s'inscrire, il s'était enfermé dans sa chambre et il avait bloqué la poignée de la porte avec une chaise, comme il l'avait vu dans un film. Et le papi s'était pointé, au moment où il tentait d'écrire le petit texte de présentation. Il détestait rédiger les résumés et c'était pile ce qu'on lui demandait : un résumé de sa vie qui pouvait donner envie aux autres de le rencontrer.

Le grand-père avait frappé et comme à son habitude, avait essayé d'ouvrir la porte. Qui était restée fermée.

– Tu fais quoi, Josh ? Tu fais quoi, tu fais quoi ? il avait répété en boucle.

– Je travaille, Papi !

– Mais pourquoi tu t'enfermes ? Pourquoi tu ne me laisses pas entrer ? Tu caches des secrets, c'est ça ?

– Mais non, Papi ! Je t'ouvre dans dix minutes.

Il avait laissé son grand-père protester, affirmant que son petit-fils ne lui faisait plus confiance. L'enjeu était trop important pour qu'il se laisse avoir par les sentiments. Pas de culpabilité. Il devait foncer sans se soucier des dommages collatéraux.

Il avait réussi à pondre son petit laïus :

« Un peu de poésie, un peu de fantaisie, je suis comme un carré de chocolat, fondant et délicat, surprenant. Je recherche l'aventure, les rires du petit matin, quand le soleil se lève. J'ai de l'amour à donner et à faire et la femme qui saura me trouver, en forçant le destin, sera la plus heureuse. »

Il avait un peu hésité sur la formulation : « amour à donner et à faire. » C'était peut-être trop osé ?

Mais écrire : « je suis un gentil puceau qui cherche la femme qui voudra bien mettre fin à cet état » ne lui avait pas semblé pertinent du tout.

En appuyant sur la touche entrée de l'ordinateur, il avait éprouvé le même sentiment qu'un gamin pénétrant dans une confiserie. Des centaines de bocaux remplis de bonbons de toutes les couleurs et de tous les goûts s'offraient à lui, accessibles et appétissants. Il pouvait piocher au hasard, se remplir les mains et le bide, jusqu'à éclater.

Le rêve d'un gourmand. Et Joshua se sentait affamé.

Son inscription avait été validée et il avait pu avoir accès, comme lui signifiait son mail de confirmation, à un large panel de célibataires prêtes à le rencontrer.

Le site avait présélectionné une dizaine de femmes et Joshua s'était plongé dans la lecture de leurs profils. Choisir est compliqué quand on n'a que l'embarras du choix et Joshua avait balancé des messages un peu partout.

Toute la soirée, il était resté le nez collé à son écran, agrippé aux réponses qui affluaient. Sa photo était un bel hameçon. Certaines lui demandaient quel âge il avait vraiment et il répondait par une pirouette, l'âge que tu me donnes, ou encore, l'âge de la sagesse, l'âge de mes artères, l'âge de te plaire… C'était léger, drôle et terriblement excitant.

Vers minuit, il avait entamé une discussion avec DorianneG. Elle disait avoir trente-deux ans, pas d'enfants. Célibataire parce que la vie, parfois, peut être cruelle. Phrase que Joshua avait trouvée profondément débile mais sur sa photo, DorianneG était très belle. Ce qui pouvait excuser des formulations maladroites. Une blonde, pas trop maquillée. Elle habitait dans la même ville que lui, aimait les mêmes sports, les mêmes films, ne fumait pas et appréciait les hommes ponctuels, serviables, aventuriers mais raisonnables.

– Tout moi, il avait répondu.

– Chouette, elle avait écrit…

Preuve qu'elle avait vraiment trente-deux ans. Le genre d'expression qui veut faire jeune mais qui est définitivement à côté de la plaque.

– On se rencontre, pour de vrai, dans la vraie vie ? il avait demandé. C'est mieux de se voir les yeux dans les yeux !

– Seras-tu à la hauteur ?

– Un mètre quatre-vingt-deux, il avait répondu.

Ce qui n'était pas forcément juste mais quand on se rajoute des années, on peut en faire autant avec les centimètres. Ils avaient convenu d'un rendez-vous dans un café et la première chose que Joshua avait pensé à faire, vers minuit, c'était appeler Lola. Pour qu'elle le briefe. Elle était la spécialiste des histoires d'amour. Et elle lui avait donné des conseils. Avec sa joie et sa bonne humeur et sa manière si délicate de rire de tout. Au téléphone, elle semblait aller bien. Il ne lui avait pas posé de questions. Il était préoccupé par sa tenue et ce qu'il allait pouvoir raconter à DorianneG pour lui expliquer la différence entre l'âge affiché et la réalité.

Son ordinateur était resté allumé toute la nuit, les points qui indiquaient les connexions s'éteignaient, s'allumaient, l'invitaient à entrer dans la ronde.

C'était si facile.

3

Lola ne voulait plus aimer Joshua.

Elle avait arraché une feuille d'un cahier et elle avait copié plus de cinquante fois, comme une punition : je n'aime pas Joshua Benaflek, je ne peux pas l'aimer, je ne dois pas l'aimer. Puis elle avait brûlé sa feuille dans l'évier de la cuisine. Elle ressemblait à une sorcière qui lance un sort, par-dessus les cendres qui se consumaient. Ses phrases étaient parties en fumée et elle avait eu envie de pleurer, un peu, quelques secondes, parce que les chagrins d'amour sont tristes, tout le monde le sait.

Mais pas elle. Rien, aucune larme.

Elle s'était passé de l'eau froide sur la figure. Elle ne pleurerait pas pour cet abruti de Joshua Benaflek qui minaudait et ressemblait à une tortue. Pas de menton, des yeux de travers, un corps de gonzesse. La première fois qu'elle l'avait vu, pendant l'échange de coups avec Herta, elle l'avait trouvé ridicule. Une crevette. Elle s'en souvenait parfaitement. Il l'avait attrapée en la ceinturant à la taille pendant qu'elle décochait des gifles dans le vide et il lui avait glissé à l'oreille : garde ton énergie, Poulette.

Poulette.

Personne ne l'avait appelée Poulette, jamais, et c'était le surnom le plus ridicule, le plus vieillot, le plus décalé qu'elle ait entendu.

En deux ans, elle ne l'avait jamais considéré autrement que comme un ami. Un frère. Un gars à qui elle pouvait tout dire. S'allonger à côté de lui, sans avoir envie de l'embrasser. Le toucher sans penser au sexe. C'était une chance. Pouvoir s'aimer sans ambiguïté, sans sous-entendu.

Leur amitié était précieuse.

Elle ne pouvait pas contrôler le désir, qui lui était venu sans prévenir. Sans calcul. Un après-midi, ils étaient tous les quatre dans sa chambre. Lola s'en souvenait parfaitement. Le moment où ce désir était monté.

Clara avait calé sa tête sur le ventre de Tarkan qui regardait, sur son téléphone portable, les dernières photos qu'elle avait des jumeaux. Elle avait beau le cacher mais elle en était fière, même si elle râlait parce qu'à cause d'eux, sa vie avait changé. Tarkan ne disait pas grand-chose. Il souriait.

Joshua était à leurs pieds, couché de travers. Lola était assise par terre, le dos appuyé au lit.

Il s'était tourné vers elle. Son visage au même niveau que le sien. À quelques centimètres.

Il avait dit : t'es bien, là, Poulette ?

La chaleur était partie du ventre, de la contraction brutale qui avait suivi ses paroles. Elle était montée jusqu'à ses joues. Son corps s'était tendu. Et son cœur avait cessé de battre. Elle l'avait senti.

Une suspension dans le temps qui lui avait coupé le souffle. Une vraie douleur. La première fois qu'elle la ressentait si fort, elle qui était une habituée de la foudre.

Il attendait sa réponse.

Son visage si près. Son souffle. Sa cicatrice minuscule et ronde, sous l'œil droit. Sa mèche de cheveux. Trois millièmes de seconde pour tout capter. L'ensemble. Lui, tourné vers elle, la couleur parfaite de ses yeux, la forme de son visage.

Une seconde vague avait déferlé.

Lola était restée immobile. Elle savait que résister n'aurait servi à rien. Les mains posées sur ses genoux, elle avait tenté de respirer. Son cœur était reparti mais il avait oublié son rythme. Le mal était fait.

Joshua ne s'était aperçu de rien.

Tout comme quand il l'avait appelée pour lui raconter sa fabuleuse pêche au canard, sur internet, sans réaliser la peine qu'il lui causait. Elle avait ri, en lui prédisant que sa DorianneG avait dû poster une fausse photo, que c'était une grosse dondon qui sentirait l'huile autobronzante et la crème Nivea de base pour gommer les rides. Un vrai plan pourri. Elle s'était forcée pour retrouver le ton qu'il aimait bien, la légèreté. Ils étaient restés plus d'une heure, à discuter au téléphone. La voix de Joshua était moins grave que celle de Tarkan. Une voix d'ado qui vient juste de muer et qui a du mal à se placer, qui bascule dans les aigus sans le savoir, sans prévenir. Une voix surprenante et Lola ne pouvait pas s'empêcher de frissonner.

Elle frissonnait encore quand elle avait raccroché.

Le silence qui régnait dans l'appartement l'avait heurtée.

Un choc presque physique.

Son père devait dormir, son casque sur la tête. Il ne pouvait sombrer dans le sommeil qu'avec de la musique. Il posait les écouteurs sur ses oreilles et se coupait du monde. Elle aurait pu hurler, mettre le feu aux meubles, se rouler par terre, sans le réveiller. Droit dans son lit, pâle, il ressemblait à Dracula. Si Dracula avait été chauve. Et amateur des Pink Floyd.

Il savourait en égoïste sa musique, sans songer qu'il aurait pu la partager avec sa fille. Il la laissait seule.

Et ce silence était pire que ses reproches. Pire que les regards qu'il posait sur elle, comme si elle ne pouvait pas être sa fille. C'était une preuve de son absence.

Depuis que ses parents s'étaient séparés, Lola avait l'impression que le silence avait gagné. Sa mère était le bruit, le boucan, le vacarme. Dans son souvenir, ses paroles étaient un bourdonnement incessant, un fond sonore rassurant. Elle chantait sans cesse, faux, mais elle occupait l'espace.

Son père le désertait.

Elle avait traversé l'appartement jusqu'à la cuisine, pieds nus, sans se soucier du froid et elle avait ouvert la fenêtre. En grand. Pour que les bruits du boulevard montent. Il était tard et la nuit illuminée de la ville ne noircissait pas grand-chose. Les réverbères éclaboussaient de taches régulières la rue, en contrebas, et les phares des rares voitures qui passaient rasaient les silhouettes des arbres plantés au bord des trottoirs. Pas de lune, pas d'étoiles, un ciel de soupe. Une sirène d'alarme, dans le lointain.

Lola ne savait pas comment faire. Quelle formule appliquer ? Quoi boire, quoi fumer pour extraire Joshua de sa foutue peau et la seule, l'unique, qui pouvait l'aider, qui connaissait le goût amer de l'amour, c'était sa mère.

Sa folle dingue de daronne.

Il était temps de la revoir.

5

En quelques années, la côte, après la ville d'Antalya, s'était couverte d'hôtels. Des bâtiments immenses et laids, dorés, clinquants, tout un univers dédié aux touristes et leurs vacances de luxe. Suffisait de creuser des trous dans la terre, de les remplir d'eau, et les hommes se battaient pour leur place sur les transats posés près de la piscine ou au bord de la mer.

L'accès direct à la plage, c'était la voie royale du paradis.

De l'avion, déjà, Tarkan les avait aperçus. De larges plaques serrées les unes contre les autres, un eczéma géant qui s'étendait sur des kilomètres.

Le « Crown Plaza » ressemblait à une meringue géante et le « Barracuda Resort » avait la forme d'un bateau de croisière. Tarkan imaginait les centaines de vacanciers qui s'entassaient les uns sur les autres, le poignet ceint du fameux bracelet « all inclusive ». Un monde parfait où tout était gratuit pendant une semaine. Le déclin du monde était sans doute lié à cette invention, le club de vacances et sa formule tout compris.

Le béton avait donc envahi les bords de la mer, des murs qui bouffaient la vue, cachaient cette mer bleue qui, dans les souvenirs de Tarkan, était claire et peu profonde. On n'en apercevait que des miettes. Même son père paraissait surpris de cette invasion et il promenait son regard par la fenêtre, comme un gosse qui observe son jouet cassé et ne sait quoi faire pour le réparer. Le chauffeur de taxi, après avoir tenté d'entamer la conversation, se taisait et conduisait vite.

Tarkan essayait de retrouver ses repères. La langue, d'abord, lui revenait et s'il pensait en français, certains mots en turc surgissaient naturellement. La lecture des panneaux publicitaires, qui comme les hôtels, envahissaient la route, ne lui posait pas de problèmes. Les affiches se superposaient, se suivaient, s'agglutinaient les unes aux autres et c'était un monde de centres commerciaux, de boissons et de voitures qui s'étalait devant lui.

Puis la route s'était élevée et sinuait entre des collines. Tarkan avait enfin réussi à voir la mer et les falaises y plongeaient, abruptes. Tout en bas, les petites criques de galets étaient inaccessibles et narguaient les passagers des voitures. Des pierres rouges, des grandes dalles grises, effritées, écorchées, se frottaient aux langues d'écume. Par petits paquets, l'eau s'y écrasait, sans violence.

Et de l'autre côté, les montagnes blanches s'élevaient vers le ciel, tranchantes, massives, des forteresses de roches qui défiaient l'étendue de la mer. Au sommet, la neige s'accrochait encore et couronnait les massifs, étincelants sous le soleil.

Tarkan se souvenait de la lumière de ce pays et comment la France lui avait semblé terne et sombre, la première année. Il avait envoyé un texto à Clara, dès son atterrissage, pour lui raconter le soleil, la mer et cette impression de chaleur subite, elle qui se languissait de l'été. Il avait attendu sa réponse mais elle l'avait ignoré. Rien, pas un signe de vie, pas un petit mot, pas une photo, le silence radio.

Ce qui était surprenant. En général, ils restaient en contact. Il ne se passait pas un jour sans qu'ils ne se téléphonent ou se voient. Elle ponctuait son quotidien, Clara, de ses exclamations, de ses affirmations. Têtue et hargneuse. Un vrai pitbull. Quand elle avait une idée en tête, elle n'en démordait pas. Il pensait qu'elle était d'accord avec leurs promesses, leurs juré-craché et ne comprenait pas pourquoi elle avait été la seule à ne pas l'appeler, avant son départ. Jusqu'au dernier moment, installé dans le fauteuil de l'avion, il avait laissé son portable allumé.

Son père lui avait demandé de cesser ses consultations frénétiques.

Il s'était raisonné en pensant à Ufuk. Elle était la raison de son voyage. Tarkan était conscient qu'il l'avait parée de toutes les qualités. Elle était une image qu'il adorait. Mais son souvenir était si précis et si fort qu'il ne doutait pas qu'elle ait partagé les mêmes sentiments que lui. Il gardait en mémoire la sensation de sa main dans la sienne. Le poids, la consistance, la forme de cette main. Une extension de son propre corps. Il lui manquait cette suite de lui-même, ce prolongement qu'elle était, Ufuk. Ce ne pouvait pas être une illusion. Un mensonge.

Clara devait le comprendre même si elle prétendait être incapable d'aimer. Ce dont Tarkan doutait fort. Comment peut-on passer sa vie sans tomber amoureux, sans vibrer pour quelqu'un ?

Il pensait qu'elle n'était pas vide, bien au contraire.

Les villages qu'ils traversaient étaient dédiés au tourisme. Des grandes rues encadrées de boutiques de fringues, essentiellement. Quelques épiceries, dans les bazars recouverts de plaques ondulées. Le pays avait vraiment changé et Tarkan écoutait le monologue du chauffeur qui pestait contre les Russes qui avaient envahi le bord de mer. Ils buvaient leurs vodkas, sans bouger de leurs hôtels, le cul vissé aux serviettes, la face rougie par le soleil. Aucune envie de visiter le pays. Rien que de la bronzette de péquenot qui veut prouver qu'il s'est doré la pilule. Toute la région d'Antalya s'était mise à causer la langue et certaines enseignes étaient écrites en cyrillique.

Le père de Tarkan se taisait. Son genou était agité et se soulevait en rythme. Tarkan reconnaissait un signe de nervosité. Il avait le même. Dans la famille, on dansait la gigue de la jambe droite à la moindre contrariété. La santé de sa sœur l'inquiétait vraiment. Elle l'avait élevé à la mort de ses parents, s'était occupée de son éducation. Elle lui parlait sans cesse de la France. Il aurait pu partir en Allemagne, mais c'était ce pays, la France des légendes contées par sa sœur, qu'il avait choisi. Celle de la liberté, de la fraternité.

De l'égalité, paraît-il.

Après deux heures de trajet, le taxi avait quitté la route principale pour emprunter une petite voie qui descendait vers la mer. Une pente raide, un toboggan qui traversait les terres, les forêts de pins et tournait sec. Le chauffeur ne les ménageait pas et à chaque virage, Tarkan heurtait son père de son épaule. Il se laissait aller contre lui et sentait sa tension.

Et le bourg était apparu. La même bâtisse blanche, à l'entrée, avec les fenêtres rouges, suivie du bazar. La rue principale, droite, bordée de bancs, parallèle à la mer. Le rond point central, les voies qui menaient sur les hauteurs, avec quelques résidences récentes construites à flanc de colline. Des biquettes broutaient une herbe rase dans un jardin clôturé.

Se repérer était un jeu d'enfant. La maison de sa tante était au fond d'une impasse, derrière la rue qui menait aux ruines archéologiques. Le mur du salon était d'ailleurs adossé à des thermes écroulées. Tarkan se souvenait des morceaux de poteries qu'il ramassait, des bouts d'amphores qui affleuraient du sol. Il suffisait de creuser un peu pour tomber sur les anciens pavés. Il connaissait, avec les autres gosses, les endroits où déterrer les éclats de mosaïque. Ils passaient leur temps dans ces ruines, à traîner dans les pierres renversées sans savoir que les caches creuses qui abritaient leurs jeux, étaient autrefois des tombes garnies de corps. Les gravats qui servaient à dresser les embuscades étaient composés de fragments de colonnes du temple que le temps avait éparpillés.

Le luxe, quand on est gosse, jouer dans un monde effondré.

L'entrée était à présent payante. Le site commençait à attirer des visiteurs et un petit musée avait été construit.

La maison de sa tante n'avait pas changé. Le taxi les avait déposés devant et Tarkan savait qu'il devait attendre avant de se précipiter. Il n'avait pourtant qu'une envie. Laisser son père et courir vers la droite, dépasser la maison du docteur et celle du gars qui n'avait qu'un œil. La rue descendait un peu.

Ufuk n'était pas loin. Quelques mètres.

Il allait se retenir. Saluer sa tante, boire le thé, embrasser le reste de la famille. Montrer de l'attention et de l'intérêt. Raconter sa vie d'élève français. Rester près de son père qui tremblait comme une feuille.

Mais son envie était un ravage.

6

Si elle n'était pas faite pour aimer les hommes, c'est que, peut-être, elle aimait les femmes.

C'était logique.

Clara avait essayé de joindre Lola mais elle tombait sur son répondeur. Les vacances de Pâques avaient débuté deux jours auparavant, elles n'allaient pas se revoir au lycée. Son amie lui manquait. Elle aurait aimé partager avec elle sa découverte.

Tarkan était parti en Turquie.

Grand bien lui fasse. Elle lui souhaitait tout le bonheur du monde et le blabla qui va avec. Ils vécurent heureux et eurent beaucoup d'enfants et ce genre de conneries. Et s'il ne revenait pas, elle n'allait pas le pleurer. Qu'il reste là-bas, avec son loukoum rose et ses envies de grande histoire d'amour éternel. Il ne lui manquerait pas.

Joshua aidait ses parents au restaurant, ou bossait son bac de français. Elle se sentait moins proche de lui que des autres et s'imaginait mal lui dire : « Josh, en fait, je crois que je pourrais aimer les filles. Plutôt que les garçons. »

– Bah, il aurait dit, pourquoi pas.

Ou bien, il se serait moqué. C'était bien le genre de gars à se moquer des choses sérieuses, Joshua.

Philippe jouait de la guitare électrique dans le salon. Sans se brancher à son ampli, pour ne pas réveiller les jumeaux. C'était sa passion, le rock, et quand Tarkan venait chez elle, il bloquait des heures devant sa collection de vinyles. Quand ces deux-là entamaient une discussion, c'était difficile de les interrompre.

Clara était sortie de sa chambre et elle s'était assise sur le fauteuil, près de son beau-père, en faisant tourner une pomme dans sa main.

– Comment on sait qui on aime ? elle lui avait demandé, à brûle-pourpoint.

Il avait relevé la tête et avait plongé son regard dans celui de Clara.

– Pourquoi tu me demandes ça à moi ?

– Parce que tu es là.

Ce qui était une évidence.

– Et pas Maman.

Ce qui en était une autre.

– Tu sais comment j'ai rencontré Sandrine ?

Clara connaissait l'histoire par cœur. Dans les soirées un peu arrosées, quand sa mère avait un verre de trop dans le nez, elle racontait sa première vision de Philippe. Sa raie des fesses. Elle aimait dire qu'elle était tombée amoureuse du derrière de son homme avant d'avoir aperçu le devant.

– Oui, bien sûr.

– Non, c'est la version de ta mère que tu as. Celle où elle raconte qu'elle était de service aux urgences et qu'elle a vu débarquer, une nuit, un fessier couvert de furoncles. Que ce fessier en question lui a fait un clin d'œil, ce qui est une image un peu osée qui ôte tout romantisme à notre affaire. Mais ce que tu ne sais pas, c'est que ta mère, je l'avais repérée depuis le début de la soirée. Dans la salle d'attente, elle passait et repassait devant moi, sans me regarder. Tu connais son air, quand elle ne veut pas qu'on la dérange. Fermée comme une porte de prison. Et chaque fois qu'elle me frôlait, elle m'agaçait. Je me disais, celle-là, elle m'énerve. Et ma colère grandissait au fur et à mesure de ses passages et j'avais mal au cul, bon sang, et personne n'est fier de dire: « j'ai mal au cul. » Une autre infirmière était avec elle. Je priais pour tomber sur elle. Une petite jeune, avec un air sympa, qui semblait s'apitoyer sur le sort de ses patients. J'aurais pu lui confier, à elle, d'où je souffrais. Elle aurait compati. Quand on m'a appelé, je me suis rendu dans la salle d'auscultation, en serrant les fesses, pour plusieurs raisons. Je ne voulais pas ta mère. C'était ma hantise. Elle m'attendait. Les bras croisés. Je me suis déshabillé en deux secondes et je me suis allongé sur le lit sans qu'elle ne m'adresse la parole. Et j'ai attendu. Sûr qu'elle allait me balancer une vacherie. Sûr que c'était la pire des infirmières, placée sur mon chemin pour me punir d'une vie antérieure de débauche. Sûr que j'allais souffrir davantage.

Il s'était tu et avait effleuré les cordes en métal de sa guitare.

– Elle a posé sa main sur moi. Oui, d'accord, sur mes fesses nues, ce qui, pour un premier contact, est décalé. Mais sa main, c'était comme de la magie. La douleur n'est pas partie mais quand elle m'a touché, je te jure, je l'ai aimée. C'était comme une connexion avec le sens de la vie. Comme si la douceur de l'univers me traversait. Une évidence. Et même maintenant, avec la vie qui nous râpe et les gosses, et la vaisselle qui s'entasse, le linge qu'il faut ranger, elle me touche, et je fonds.

Il avait à nouveau regardé Clara.

– Je ne réponds pas vraiment à ta question.

– Non.

– C'est que je n'ai pas de réponse. On sait qui on aime, c'est une évidence. Suffit d'être prêt. D'être à l'écoute. C'est une histoire d'oreille interne. D'équilibre parfait.

La guitare de Philippe était arrondie et longue, d'un rouge brillant, et Clara l'avait toujours trouvée belle. Un vrai corps recourbé, posé contre celui de son beau-père. Il la caressait comme un homme touche une femme. Avec la même délicatesse.

– Mais moi, je ne sais pas qui j'aime.

Un des garçons remuait dans son lit. Ses pleurs commençaient à grandir, il risquait de réveiller l'autre. Philippe s'était levé.

– Pose-toi peut-être la question, quelle est la personne la moins évidente, celle que tu n'imagines pas comme étant la source d'un amour possible. Celle qui t'énerve le plus. Qui provoque en toi des remous et des tourbillons. Regarde, ta mère, je l'ai d'abord détestée. On peut confondre l'amour et la haine. C'est le même organe qui fonctionne pour les deux.

Il était sorti de la pièce et Clara était restée bouche bée. Il avait cent fois, mille fois raison, Philippe.

Elle éprouvait ce genre de sentiments depuis toujours. Une seule personne faisait battre son cœur, l'énervait, l'irritait, la provoquait, la mettait en rage.

Elle était amoureuse de Alberta Vanderbum. Herta la saucisse.

7

DorianneG s'appelait Élodie. Un prénom qu'elle trouvait tarte. Les Élodie, on en ramassait à la pelle. Elle aurait préféré un autre prénom, plus original. Sa vie d'ailleurs, elle la trouvait tarte aussi. Le soir, quand elle rentrait chez elle, coincée dans les embouteillages, elle entrouvrait la vitre de sa voiture en allumant sa cigarette, et rien que ce geste, elle le trouvait tarte. Si elle avait du courage, elle fumerait la fenêtre fermée, sans se soucier de l'odeur et du cancer.

Si elle avait du courage, elle planterait sa bagnole, coincée entre les milliers d'autres bagnoles sur cette foutue voie rapide et elle grimperait sur les capots qu'elle enjamberait et elle filerait vers un autre pays, au soleil, loin de sa vie tarte.

Mais voilà, Élodie était sage. À l'école, déjà, elle était sage. Pas un bruit, toujours assise au premier rang, silencieuse mais sage. De quoi marquer une destinée, une telle sagesse. Devenir la reine des tartes. Gentille. Brave. Sympathique mais atrocement tarte. Elle bossait comme hôtesse d'accueil dans une maison de retraite et elle se coltinait toute la journée des petits vieux qui avaient perdu le sens de l'orientation. Jamais elle ne s'énervait. Elle les ramenait sur le bon chemin, les rassurait, et les petits vieux repartaient, heureux de l'avoir rencontrée. Ils la remerciaient en lui offrant des chocolats fourrés de pâte noisettes, au goût si sucré qu'elle ne finissait jamais les boîtes et qu'elle les balançait à la poubelle, en éprouvant une culpabilité tarte.

Et ce n'est pas à son boulot qu'elle allait trouver un homme. À moins de donner dans la gérontophilie.

Alzheimer, non merci.

Mais de là à basculer dans la couche-culotte, il y avait des limites.

Parce que le jeunot, en face d'elle, n'en était pas sorti depuis longtemps, même s'il se donnait des airs de crooner.

À vue de nez, il avait dix-huit ans grand max. Elle l'avait repéré, assis à l'intérieur du café et elle avait hésité avant d'entrer. D'accord, elle aussi avait triché. Sur le site, elle avait menti sur son âge. Depuis trois mois, elle avait trente-sept ans. Un âge tarte, pas encore la quarantaine mais les trente ans étaient dépassés depuis un moment. Un âge qui la travaillait et l'accablait. Elle aurait préféré passer directement aux quarante plutôt que de flotter entre deux eaux, sans vraiment savoir ce qu'elle voulait faire de sa vie. Une sorte de crise d'adolescence tardive. Une crise de vieille fille.

À trente-sept ans, elle aurait dû être casée, avec un crédit sur le dos pour rembourser l'achat de la maison. Quatre pièces. Un petit jardin, deux enfants à ranger dans les chambres et un chien à fourrer dans le jardin. Une cuisine américaine, une cave à vin électrique branchée remplie de bons crus, un mari habile de ses mains, bricoleur et un peu bedonnant.

Elle ne savait pas se servir d'un tire-bouchon et déboucher une bouteille seule.

Elle vivait dans un deux pièces sans chat, ni chien, ni poissons rouges et un voisin sourdingue qui écoutait du tango jusqu'à deux heures du matin. Sa mère insinuait que, bientôt, sa réserve d'ovules allait se tarir, sécher, et ses ovaires se flétrir. Fallait qu'elle se dépêche si elle voulait pondre un gosse, un jour, avant de finir définitivement seule. Ratatinée de l'intérieur.

Elle aurait dû rester avec Laurent.

Même son ex avait un prénom tarte.

Laurent. Lolo.

Élodie et Laurent.

Lolo et Lolo.

Ils avaient vécu huit ans ensemble. À la fin de la septième année, elle s'était sentie soulagée. Sa mère affirmait que les couples traversaient une crise majeure et cyclique, tous les sept ans. Ils avaient échappé au naufrage. C'était l'illusion du Titanic. Elle le quittait douze mois après. Sans raisons véritables, sans colère ni grosses disputes désespérées. Peut-être à cause de son habitude de mâcher du chewing-gum en regardant la télé.

Il était radin.

Trop petit.

Limite chauve.

Elle voulait autre chose dans sa vie.

– Mais après quoi tu cours, il lui avait demandé ? Tu ne sais pas te satisfaire de ce que tu possèdes. Tu vas finir seule et malheureuse, à mater les petites annonces des agences matrimoniales.

Elle n'avait rien répondu et s'était retrouvée sur le marché des célibataires. Elles étaient une tripotée, à vouloir autre chose dans la vie, sans savoir exactement quoi. Une tripotée à s'inscrire dans les speed-datings et Élodie avait fini par se faire de bonnes amies, dans ces soirées. Mais depuis cinq ans, rien. Pas un mec n'avait franchi la limite de l'acceptable. Elle espérait à chaque fois mais ils se ressemblaient beaucoup, ceux qu'elle rencontrait. Ils étaient à l'image de son quotidien.

Tartes.

À travers la vitre, elle l'avait observé.

Il ressemblait à la photo qu'il avait postée sur le site. Élodie s'était faite à l'idée que la réalité n'allait pas forcément correspondre. La surprise était très agréable. Il était beau, ce garçon. Comme elle les aimait, mince, avec une chemise ajustée. Un peu acteur américain, un peu play-boy.

Elle était rentrée et il s'était levé quand il l'avait aperçue. Son geste était attendrissant et Élodie s'était contentée de lui sourire, même si elle se répétait en boucle : il est trop jeune, tu restes deux secondes, tu bois un café, un jus de fruit, pas d'alcool, et tu le renvoies dans son berceau pour la sieste.

Joshua s'était reculé pour accueillir la femme qui s'avançait vers lui. C'est ce qu'il se répétait : une femme. Pas une fille, pas une gamine. Une femme, la catégorie supérieure et elle était plutôt pas mal. Grande, une jupe droite, maquillée discrètement, les ongles manucurés. Entourée d'une odeur de parfum qui la cernait comme une forteresse. Il avait remarqué ses rides, légères, au coin des yeux, encadrant sa bouche et ses longues jambes et les talons qu'elle portait. Il avait apprécié ses cheveux raides et blonds qui lui tombaient sur les épaules. Elle ressemblait à un modèle de magazine féminin. Et comme elle l'impressionnait, il n'avait pas su comment la saluer. Il lui avait tendu la main, comme un gosse qui joue au grand et elle avait ri et ce rire l'avait soulagé.

– Enchanté, il avait dit.

Elle avait attrapé sa main. Sa pression était légère et douce. Elle avait des petits doigts, fins et une peau douce.

– De même, elle avait répondu.

Ils étaient restés face à face, debout, sans parler, dans ce café qui grouillait de monde, avec les paroles des autres qui les entouraient. Joshua avait gardé sa main dans la sienne. Il n'avait pas conscience de trop la serrer et d'ailleurs, il n'y pensait pas. Il se concentrait sur son effort de ne pas paraître trop jeune. Ne pas parler trop vite. Ne pas rire nerveusement ni rabattre sa mèche. Lola lui rabâchait qu'il se tripotait les cheveux quand il était gêné. Peut-être qu'il était en train de tomber amoureux. La sueur lui coulait dans le dos et il tentait de sourire et de la regarder dans les yeux et il pensait, en boucle : elle est belle, elle est belle, elle est belle.

Elle avait raidi son bras.

– Je peux la reprendre ?

– Quoi ?

– Ma main.

Il avait aussitôt relâché la pression qu'il exerçait sans s'en rendre compte. La main s'était échappée et, en la quittant, il s'était senti presque abandonné. Il avait sué mais s'essuyer sur son pantalon n'était pas un geste adapté à la situation, il en avait parfaitement conscience.

– Désolé, il avait bredouillé.

C'est à ce moment qu'elle l'avait trouvé parfait. Les joues rouges, les yeux baissés.

Sincère.

Touchant.

Naïf.

Elle s'était dit que la porte de sortie était à quelques mètres derrière elle et qu'elle ferait mieux de partir. De se tirer de ce coin. De cette ville. Assumer ses désirs et changer de vie, foutre le camp et ne pas s'asseoir en face de ce môme. Pas boire le verre de blanc qu'elle avait commandé, ni le second d'ailleurs. Pas entamer la discussion et découvrir qu'il la faisait rire aux larmes et qu'elle avait envie qu'il l'embrasse.

Qu'il pose ses lèvres sur les siennes.

Qu'il se serre contre elle, et l'enlace et se coince en elle. Elle voulait le retenir et lui croquer ce bout d'oreille pâle et ces joues rondes encore.

Elle aurait dû s'enfuir.

Mais elle s'était installée en face de Joshua, et ne lui avait pas demandé son âge et lui non plus, ce n'était pas un sujet de discussion et la nuit était tombée sans qu'ils s'en aperçoivent.

8

Dans le train, Lola avait regretté ce qu'elle avait dit à son père. Qu'il était une truffe.

Le pauvre.

Il avait répondu qu'il le savait.

– Une truffe. Je suis une truffe depuis que j'ai connu ta mère. Tu peux aller là-bas, la retrouver. Fais ce que tu veux.

Elle n'avait pas rêvé. Il avait dit : tu peux y aller, sans parler du bac et des révisions et du sérieux qu'elle devait montrer dans les études. Sans l'interroger sur ses motivations et son envie soudaine. Il l'avait même accompagnée à la gare et sur le quai, il était resté raide, droit comme un i, comme un proviseur de lycée qui a un balai dans le derrière et une vision de la vie plutôt étriquée. Avec son nœud de cravate serré au ras du cou, elle se demandait comment il pouvait respirer mais il avait levé la main quand le wagon s'était mis à rouler, pour lui dire au revoir et elle avait eu de la peine. Pour son papa, seul sur le quai, qui regardait sa fille partir et bien sûr, ils ne se comprenaient pas, tous les deux, la communication était foutue, le sous-titrage en panne, mais il lui avait souri, et elle lui avait adressé un baiser. Qu'il lui avait renvoyé sans hésiter.

Elle regardait le paysage à travers la vitre, sans prêter attention au gars qui était assis à ses côtés. Qui n'était pas mal du tout. La vingtaine, le genre étudiant en vacances, les cheveux en bataille, les lunettes de soleil sur le bout du nez, le casque vissé sur les oreilles. C'était la preuve qu'elle changeait. Avant, elle aurait fait attention à lui. Elle aurait calculé ses gestes et lui aurait envoyé des coups d'œil discrets. Ses jambes se seraient décalées pour que les genoux entrent en contact. Elle savait faire ce genre de chose.

Entrer en contact, sans que ce soit flagrant.

Sauf qu'elle avait conscience de ne plus être la même.

Sa décision était définitive. Elle devait se concentrer sur Joshua. L'oublier, le sortir de ses pensées et ne pas se rabattre sur d'autres prises, par dépit. Elle n'avait plus de nouvelles de lui. Dans le dernier texto qu'il avait envoyé, il lui racontait, en direct-live, que DorianneG était en face de lui et qu'elle sentait bon, un parfum d'une autre planète, qui lui explosait la tête. Qu'elle était fantastique et que jamais il n'avait rencontré quelqu'un comme elle.

Lola avait répondu : « ouais, une vieille peau. Vérifie les cicatrices derrière les oreilles pour le lifting ».

Et Joshua avait cessé de lui répondre.

Elle ne pouvait pas s'empêcher de l'imaginer avec cette femme et son ventre se tordait rageusement. Encore un des symptômes de l'amour. La jalousie.

L'acide corrosif qui s'attaque aux parois intestinales pour les dézinguer et en faire de la pâtée pour chat. Elle en tremblait presque.

En arrivant sur Marseille, elle avait tendu le cou pour attraper le soleil et c'était une consolation, cette chaleur qui lui envahissait le visage. Dans son souvenir, la ville était un four dans lequel rôtir était un plaisir.

Sa mère ne l'attendait pas sur le quai, ce qui n'était pas une surprise. Elle s'était montrée ravie de sa visite mais elle l'avait prévenue, son débarquement à l'improviste n'était pas facile à caler dans son emploi du temps. Elle était charrette. Son expression.

– Je dois rendre mes couvertures le plus vite possible et les tissus ne sont pas au point. Je suis charrette, ma chérie, le temps m'est compté.

Lola avait pensé que c'était le lot de l'humanité mais que sa mère semblait ne pas le réaliser. Elle agissait toujours comme si elle était la seule à courir après le temps. La seule à souffrir de son écoulement, à subir sa pression.

Elle était descendue sur le quai et s'était dirigée vers la sortie. De loin, elle avait aperçu un homme, plutôt petit, avec une pancarte, et quand il s'était tourné vers elle, elle avait lu : LOLA DEAL. Elle s'était avancée vers lui. L'homme était de sa taille, il portait des talonnettes et il sentait la citronnelle. Ses joues étaient rasées de près et il avait des dents très blanches.

– C'est moi, Lola, elle avait dit, un peu étonnée.

L'homme avait baissé la pancarte et sans la prévenir, l'avait serrée dans ses bras. Il paraissait ému et Lola avait résisté à la tentation de le repousser. Contre la poitrine de l'homme, elle s'était efforcée de contrôler sa respiration et même si elle détestait son odeur, elle était restée immobile.

– Je suis si heureux de te rencontrer, il répétait.

Il s'était reculé d'un pas, sans la lâcher, pour mieux la regarder.

– Tu ressembles à ta mère. J'aurais pu te reconnaître, tu sais. Sans que tu ne me dises rien. Je l'avais dit à Catherine, ta fille, je la trouverais dans une botte de foin, alors sur le quai d'une gare, ce n'est pas un problème.

Lola avait hésité et elle avait attendu d'être dans la voiture pour lui demander :

– Mais vous êtes qui ?

Il conduisait prudemment et ne tournait pas la tête pour s'adresser à elle.

– Henri.

Comme si c'était une évidence. Henri.

– Le voisin de Catherine. Quand elle a déménagé, après la séparation avec ton père, c'est dans mon immeuble qu'elle a atterri. Son appartement est en face du mien. Je l'ai entendue, le premier jour, à cause de son carton de verres qu'elle avait lâché dans l'escalier. Une entrée fracassante, je lui ai dit. Elle était assise sur les marches, son carton foutu dans les bras et j'ai pensé que c'était la femme la plus fabuleuse que j'avais jamais rencontrée.

Sa voiture était une mini. Une antiquité des années '80. Le moteur vrombissait et faisait trembler les vitres. Lola avait contemplé les petits oursons pendus au rétroviseur qui se balançaient au rythme des coups de frein. Les sièges étaient recouverts d'une housse colorée, elle avait reconnu la patte de sa mère. Depuis quelques années, elle fabriquait des patchworks et commençait à pouvoir vivre de ses œuvres. L'assemblage des couleurs, pour Lola, s'apparentait aux peintures de Van Gogh, dans sa période la plus déjantée. Ce qui tendait à prouver que sa mère avait un grain dans la cervelle.

Il l'énervait, ce type, à parler de sa Catherine, comme s'il la connaissait mieux que sa propre fille.

– Jamais entendu parler de vous, elle avait balancé, vacharde.

Le Henri avait gardé le silence un moment. Puis il avait recommencé son bavardage, et Lola s'était laissé bercer. Il parlait comme si les mots déboulaient dans sa bouche et que le silence était un ennemi qu'il devait affronter personnellement. Il racontait sa vie et elle s'en tapait, de son histoire, et du boulot qu'il pouvait bien faire et des habitudes qu'il avait de commander des pizzas le vendredi soir avec Catherine et de mater les séries américaines toute la nuit en version originale si possible, pour pas dénaturer les histoires.

Le trajet avait duré une heure, à cause des embouteillages, sans que Lola n'ait envie de lui répondre.

Il avait la clef de l'appartement. En lui ouvrant la porte, il s'était excusé pour l'absence de sa mère, le désordre et les poils de chats entassés dans les coins. Il avait ouvert les fenêtres pour aérer le salon qui sentait la cigarette froide. Un cendrier était plein, il l'avait vidé dans la poubelle et il connaissait la place de chaque objet. Lola s'était assise sur le canapé et le regardait faire et sa colère montait. Une bouffée énorme de rancune. Parce qu'elle n'était pas là, Catherine, et que Joshua était un nul et Henri le voisin était trop à l'aise pour être honnête. Parce que c'était agréable de se fâcher et qu'il l'avait baratinée trop longtemps. Elle voulait lui rabattre son caquet.

– Vous vous tapez ma mère, c'est ça ?

Il s'était immobilisé en face d'elle, avec une canette de coca qu'il avait dénichée sur le balcon, sous une cagette remplie de carottes fanées. Un curieux sourire en coin. Lola avait alors remarqué que ses yeux pétillaient et qu'il n'était pas si moche.

– Vous avez le droit de vous taper ma mère. C'est juste par curiosité que je demande.

– Non, il avait fait.

– Vous seriez pas le premier, ni le dernier !

Il lui avait tendu la boisson et s'était installé sur un pouf, en face d'elle, au même niveau parce qu'il s'était enfoncé et c'était ridicule, sa position de crapaud, les jambes écartées, mais il s'en fichait. Il la regardait et il souriait.

– Disons que je joue dans la même cour qu'elle.

Lola n'avait pas compris et il s'était rapproché, ses genoux contre ceux de la jeune fille. Il avait posé ses mains dessus et, sans perdre son sourire, avait continué :

– Elle n'est pas mon genre, ni mon type. Je suis plutôt type, d'ailleurs, comme genre.

Lola avait ouvert la bouche mais elle n'avait rien trouvé, aucune réplique.

– Ta mère a beau être la plus belle des femmes du coin, elle n'est pas un type. Du coup, j'aurais du mal à me la taper.

Il lui avait ouvert la canette, un pshitt moqueur s'était échappé.

– Et puis, dans la vie, tout n'est pas une histoire de tapage. On ne passe pas son temps à vouloir se taper les gens, non ? On serait malheureux, sinon, à fonctionner en mode radar à cul en permanence.

Lola avait senti un sourire envahir son visage. Un sourire immense, le premier depuis longtemps, qu'elle ne contrôlait pas, qui lui sortait des tripes. Qui lui remontait jusqu'au cœur et déboulait dans les artères et se répandait à gros bouillons dans son corps. C'était exactement, mots pour mots, ce qu'elle avait besoin d'entendre.

Elle avait laissé le sourire grandir, s'étaler et avait demandé, d'une petite voix, comme une gamine :

– Vous pouvez répéter ce que vous venez de dire ?

9

Depuis deux jours, Tarkan se croyait dans la vieille chanson d'Aznavour.

Ils sont venus, ils sont tous là, dès qu'ils ont entendu ce cri, elle va mourir, la mama.

Et c'est vrai qu'ils étaient tous présents. La famille, les expatriés, les cousins lointains. D'Allemagne, d'Istanbul et des petits villages perdus dans les montagnes de la Cappadoce. Les trois frères de son père et ses cinq sœurs. La plus jeune avait à peine cinq ans de plus que Tarkan et ne parlait pas un mot de français ni d'anglais. Tarkan et elle se souriaient, puis détournaient le regard, gênés de ne pas partager grand-chose.

La maison était remplie, débordait de femmes et d'hommes. Les coins étaient occupés par les gamins, les petits, qui se coinçaient entre les jambes et roulaient comme des ballons que l'on envoie dans les buts. Les ados s'agglutinaient dans une chambre et Tarkan avait bien essayé de s'incruster. Il comprenait à peu près les échanges mais impossible de formuler une seule phrase. Ses mots ne s'emboîtaient pas. Alors, il se tenait droit, appuyé contre le mur et il se sentait flotter. Décoller. La chaleur rendait son ennui encore plus lourd. Presque irréel.

Il apercevait son père, dans la masse familiale et il ne le reconnaissait pas. En France, il était plutôt silencieux, discret. Ici, ses mains accompagnaient ses paroles et sa voix paraissait plus grave, plus forte. Il ne tenait pas en place et marchait de pièce en pièce, suivi par ses frères et par la cohorte des sœurs. Un banc de poissons qui chorégraphiait ses volutes en fonction du courant que produisait le grand frère.

Dans la chambre de la malade, ils se taisaient. Courbés, ils avançaient, l'un derrière l'autre, pour la saluer. La tante gardait ses yeux ouverts. Son voile noir lui couvrait une bonne partie du front et des cheveux et tranchait sur sa peau blanche. Elle tenait un mouchoir dans la main et le portait à sa bouche dès qu'elle sentait sa toux monter et Tarkan avait pensé au geste de Marguerite Gautier, dans *La dame aux camélias*. Le même geste, la même retenue et le même sens du sacrifice. L'embout en plastique qui lui entrait dans les narines, relié à la bouteille d'oxygène, derrière le lit, modernisait cette Marguerite et peut-être que Dumas, s'il avait vécu au XXIe siècle, aurait décrit le circuit de l'oxygène jusqu'aux poumons et le bruit de la machine à ventiler. Une petite mélodie discrète, poum-tchak, poum-tchak.

Tarkan s'était avancé pour la saluer et elle lui avait tendu la main. Ne sachant pas quoi faire, il s'était penché et avait déposé un baiser sur la peau sèche de la femme. Elle sentait la fleur. Pas le camélia mais la rose. C'était surprenant. Son odeur était plus forte que les médicaments, que les antiseptiques, que la mécanique qui lui envoyait de l'air dans les poumons. Que cette ambiance de maladie qui emplissait la chambre.

Il n'avait pas compris ce qu'elle lui avait murmuré et son père l'avait renvoyé hors de la pièce, en le poussant par les épaules. La vie est plus forte que le malheur, c'est ce qu'il se disait, en observant les femmes, dans la cuisine, qui cuisinaient en riant et qui portaient parfois leurs mains à leurs bouches pour étouffer ces rires qui ne signifiaient rien d'autre que la vie est plus forte que le malheur.

Il les regardait, ces femmes, et certaines étaient voilées.

Ses parents n'accordaient pas une place importante à la religion. Il avait grandi dans le respect des traditions mais pas de ramadan, pas de prières. Joshua, qui était juif, en riait. Il affirmait que toutes les religions se ressemblaient, en fin de compte. Bonnet blanc et blanc bonnet.

Tarkan répondait : voile blanc et blanc voile.

Lola rajoutait : string blanc et blanc string.

Clara terminait par : vos gueules les mouettes, ce qui était sa façon de conclure toutes les discussions. Parce que Clara était radicale. C'est ce que Tarkan aimait bien, chez elle. Son « vos gueules les mouettes » qui simplifiait tout. Il avait essayé de la contacter mais il avait oublié la recharge de son portable et son appareil ne lui servait plus à rien.

Il aurait voulu lui dire que rien ne se déroulait comme il avait prévu.

Dehors, quelque part, se trouvait Ufuk. Peut-être qu'elle aussi portait le voile ? Comment pourrait-il la reconnaître ? Son visage encadré par le tissu, les cheveux cachés, les manches longues. Rien pour la différencier des autres filles qu'il voyait marcher dans la rue, quand il se postait à la fenêtre.

C'est pour cette raison qu'il ne s'était pas précipité pour la trouver et qu'il considérait la porte de la maison comme une frontière infranchissable. Le courage lui manquait. Toutes ses résolutions s'étaient envolées : interroger les voisins, chercher des traces, des preuves qu'il ne l'avait pas rêvée et que ce qu'il gardait dans son cœur n'était pas une illusion.

Le troisième jour, son père l'avait attrapé, alors qu'il était vautré sur le canapé du salon, coincé entre une tante énorme et deux petits cousins apathiques, face à un épisode des « desperate housewives » en turc. Il lui avait intimé l'ordre de sortir et Tarkan s'était levé, sans réfléchir, un automatisme de gamin obéissant.

– Va jusqu'aux ruines, lui avait dit son père.

– Pourquoi ?

Sans obtenir de réponse, il s'était retrouvé à remonter la rue. La sensation de respirer un autre air que celui des pièces dans lesquelles il s'était trouvé enfermé le rendait léger. Presque euphorique.

Les hauteurs avaient changé. Avant, les pierres tombées gisaient, éparpillées, sans ordre, débordant sur la rue. On entrait dans la cité antique sans le réaliser.

À présent, des grilles l'entouraient. Le passé était cerné. Le musée était à l'entrée. Tarkan s'était avancé jusqu'à la cabine en verre où l'on prenait les tickets pour pénétrer dans le site. Sans réfléchir. Par hasard. Presque.

Elle était assise sur un tabouret. Face à la caisse. Un écran d'ordinateur illuminait son visage et le soleil qui se reflétait sur la vitre le rendait encore plus scintillant.

– Ufuk, il avait prononcé.

Elle s'était penchée vers son micro pour lui demander de répéter, en anglais : can you repeat, please, preuve qu'il avait une tronche d'étranger dans son pays natal et qu'elle ne l'avait pas reconnu.

Elle n'avait pas changé.

C'était fou.

Il s'était imaginé la scène, tellement de fois. Elle, en face de lui, les mêmes yeux noirs, son visage ovale, ses cheveux et le grain de beauté, sous la lèvre, parfaitement rond, et son sourire et sa voix.

C'était parfait.

– C'est moi, il avait dit. En français. Parce que c'était la langue avec laquelle il pensait.

Elle avait dû se lever pour se mettre à sa hauteur et elle s'était penchée pour mieux le regarder. Brusquement, sa main s'était posée sur sa bouche. Elle avait compris. Son autre main s'était collée contre la vitre, à plat, et Tarkan avait posé la sienne dessus. Il ne la sentait pas, c'était une illusion, cette chaleur qui l'avait saisi. Si les ruines n'étaient pas déjà tombées, le reste du monde n'allait pas tarder à s'écrouler. La rue derrière et le ciel et la mer se mêlaient et tournaient et Tarkan avait eu un bref vertige.

Elle était sortie.

Elle se tenait face à lui, devant les pierres à moitié enterrées par le temps qui n'a pas de pitié, tout le monde le sait, le temps s'en tape, des pierres et des gens et des sentiments et des souvenirs. Il recouvre et ronge et détruit et bouscule.

Mais pas eux. Tarkan et Ufuk. Des survivants. Il le savait, il en était persuadé depuis si longtemps.

Son sourire était le même.

Elle avait dit : Tarkan. Prononcé son prénom.

Puis elle avait commencé à parler et à raconter et pendant une heure, plus même, il l'avait écoutée, avec le soleil dans le dos et la sueur qui lui coulait sur le front et c'est vrai qu'elle était belle, comme dans ses souvenirs. Au début, il essayait de comprendre son anglais et son turc et le mélange qu'elle en faisait. Il essayait de placer des phrases, de lui expliquer comment il l'avait attendue, la photo accrochée à son mur, la bague qu'il avait encore au doigt et qu'elle avait ôtée, apparemment. Elle continuait, sans faire attention à lui, un vrai moulin à paroles, portée par son enthousiasme et sa joie de le retrouver et toutes les petites anecdotes de sa vie, qu'elle lui décrivait en détail. Sa voix était un peu aiguë.

Il s'était tu.

Et, au bout d'un moment, avait pensé à ce que disait Clara.

Vos gueules les mouettes.

10

Les chaussures du magasin étaient principalement ce que Clara appelait des « paires à mémères ». Des chaussons confortables, des semelles renforcées, aux bouts arrondis. De quoi prévenir les cors aux pieds et favoriser la circulation sanguine. Aucune fanfreluche, de l'efficace inesthétique.

En début de matinée, elle s'était postée au coin de la rue pour observer la boutique. Les parents d'Herta résistaient, depuis une dizaine d'années, à l'ouverture de la zone commerciale qui avait drainé les clients hors du centre de la ville. Ils s'étaient spécialisés dans le moche, ce qui les avait sauvés. Herta s'était ramenée, en sixième, avec des pompes spéciales grabataires et Clara se souvenait qu'elle l'avait poursuivie dans les couloirs du collège en se moquant. Ce qui, en y réfléchissant, n'était pas un geste permettant d'établir une franche amitié. Pour se venger, la grande blonde lui avait étalé sur le crâne un yaourt à la fraise au self. N'empêche que plus jamais elle ne s'était pointée au bahut avec les chaussures que vendaient ses parents. Et que plus jamais Clara ne s'était risquée à se moquer d'elle à côté d'un plateau repas.

Alberta se trouvait derrière la caisse. Les cheveux attachés en arrière, sans maquillage, habillée en noir, comme l'autre employée. Elle semblait calme et plutôt à l'aise. Elle emballait les boîtes et plaçait la carte bleue dans l'appareil avec dextérité. Maintenant que Clara connaissait la nature des sentiments qu'elle éprouvait, elle ne pouvait s'empêcher de la trouver belle. Le genre Grace Kelly, moins fragile, plus rembourrée, des manières de rugbyman irlandais. En s'approchant, son cœur s'était emballé. Un signe, avait pensé Clara. Je suis émue, mon cœur bat trop vite, je vais m'évanouir, c'est ridicule, l'amour est ridicule. Cette histoire est ridicule et ce jeu est perdu d'avance.

Il était fort probable qu'Alberta l'avait repérée depuis longtemps. La sonnette avait retenti quand Clara était entrée et tous les regards avaient convergé dans sa direction. Sa présence dans l'allée centrale n'était absolument pas justifiée. Elle n'avait pas soixante-dix ans et sa foulée était alerte.

Alberta n'avait pas feint la surprise quand elle avait vu Clara s'avancer vers elle.

– Tu veux quoi ? elle avait dit.

Le ton était un peu agressif et sa mère, au fond du magasin, avait redressé la tête.

Clara s'était raclé la gorge. Elle n'avait pas réfléchi à son prétexte. L'idée qui allait lui permettre d'expliquer à Herta ce qu'elle faisait dans son fief lui faisait défaut. Elle ne pouvait pas lui dire, franco, ben, je crois que je t'aime et je souhaiterais t'embrasser pour vérifier.

– Je voudrais te parler.

– À moi ?

– Non, à tes pieds !

Voilà, ça lui avait échappé. C'était plus fort qu'elle, ces phrases à la con qui déboulaient dans sa bouche avant même que sa cervelle ne puisse exercer la moindre censure. La grande l'avait toisée et la sentence était tombée :

– Va mourir, Bauman.

Heureusement, la cliente qui venait de se payer ses pantoufles d'extérieur ne l'avait pas entendue, trop occupée à vérifier le contenu de son porte-monnaie, le sonotone au bord de l'oreille. Clara avait senti le désespoir l'envahir. Pourquoi, lorsqu'il s'agissait de sentiments, ne parvenait-elle pas à s'exprimer ? Gueuler, râler, elle savait faire. C'était même sa spécialité. Sa nature profonde.

– Je suis désolée, elle avait fini par bredouiller.

Alberta était restée immobile.

– C'est important. Tu comprends, je dois te dire quelque chose et si je ne le fais pas maintenant, je crois que je vais le regretter toute ma vie et je ne voudrais pas. Devenir une vieille crevure qui regrette.

Alberta avait poussé un soupir. Elle savait qu'elle ne devait pas écouter Clara Bauman. Que cette fille était un serpent, une vipère qui lui avait gâché toute son année de quatrième à cause du surnom qu'elle lui avait trouvé. Elle était au courant, pour Herta la saucisse. Pendant trois semaines, elle avait refusé de retourner au collège, quand elle l'avait appris. Sa honte était trop grande. Sa mère l'avait envoyée voir un psy. Ce qui n'avait servi à rien. Chaque soir, elle s'endormait en se faisant la promesse qu'elle allait se venger et que la Bauman allait lui payer cher l'humiliation. C'était ce qui l'avait sauvée. Le goût de la vengeance. Ce plat qui se mange froid et se fait réchauffer à volonté.

– S'il te plaît, avait ajouté Clara.

Dans la poche droite de la veste d'Alberta, se trouvait une mini bombe lacrymo. Sa mère, inquiète, la lui avait donnée. Depuis quelque temps, elle développait une certaine forme de paranoïa. Elle répétait en boucle les informations qu'elle entendait à la radio, le nombre d'agressions qui augmentait, les petits commerçants qui souffraient de l'insécurité. Elle confondait les viols, les cambrioleurs, les attentats terroristes, la fin du monde civilisé. Elle recensait les agressions que sa fille pouvait subir, en dressant des listes terrifiantes. À défaut du revolver, elle lui avait procuré cette petite bombe. Au cas où, c'était son argument le plus construit.

Alberta s'était dit qu'au pire, elle pouvait toujours envoyer une giclée dans les yeux de la Bauman, si celle-ci dépassait les limites.

Une bonne bouffée de lacrymo. De quoi lui faire payer les années de galère, juste pour le plaisir.

Sûr que ce serait drôle.

C'est pour cette raison qu'elle avait récupéré sa veste avant de sortir. Les deux filles s'étaient retrouvées dans la rue, sur le trottoir, face à face. Chacune avait les mains enfoncées dans les poches, la tête baissée et sans le savoir, elles se ressemblaient étrangement. Le vent balayait sur leurs visages des mèches de cheveux. Clara avait désigné le square, à quelques pas. Deux arbres, un coin de jeux et un petit carré d'herbe. Sans parler, elles s'étaient dirigées vers les balançoires. La même démarche.

Pas d'enfants pour leur faire concurrence. Elles s'étaient installées et aussitôt, un chien leur avait reniflé les mollets. Alberta l'avait repoussé.

– Y en a marre des clébards. Y sont fous, les gens, d'avoir des chiens en ville. Y les laissent chier partout. On en a plein les pieds. Un chien, c'est fait pour la campagne. Y servent qu'à polluer, sinon.

– Yep, avait dit Clara. Comme les quatre-quatre.

Alberta l'avait regardée comme si elle ne comprenait pas.

– Les bagnoles, tu sais. Pas les gâteaux. C'est des quatre-quarts, les gâteaux.

– Qu'est-ce que tu veux ?

Le chien s'était couché, à quelques pas des filles, sur le sable humide, le museau entre les pattes.

– Il n'a pas de collier, avait remarqué Clara.

– On s'en tape, du clebs.

– C'est un chien abandonné, peut-être. Le pauvre.

– Je vais pas rester des plombes, Bauman.

La main d'Alberta caressait la surface froide de la bombe. L'idée, c'était de la surprendre, de l'asperger et de la laisser crever sur place. La jeune fille se souvenait parfaitement du pire jour de sa vie. Quand Joshua lui avait lancé le surnom à la figure et s'était éloigné en riant. En quatrième. Herta la saucisse ! Son mépris lui avait cogné directement dans les gencives et Alberta s'était sentie tomber. Ses jambes ne la portaient plus. Elle s'était presque évanouie.

Joshua, qui chantait dans la même chorale, qui était inscrit dans le même club de judo qu'elle, l'avait trahie, à cause de la Bauman.

Clara avait regardé le chien. Un bâtard, sans doute, gris, pelé, une tronche râpée.

Une bête sans amour. Malheureuse et laide.

Le ciel de printemps hésitait. Les nuages le parcouraient en fuyant et le soleil tentait d'imposer sa loi. Clara n'avait pas réfléchi. Elle s'était levée et avait entouré de ses mains le visage qui lui faisait face. Elle s'était penchée. Ses lèvres avaient touché celles d'Alberta. Le choc lui avait saisi le bas du dos. Comme un coup. Une secousse. La peau d'Alberta était chaude et cette chaleur lui était entrée dans le ventre. La retournait. Lui donnait envie de serrer les jambes, de fondre, de tomber. En appuyant plus fort, elle avait senti le goût d'Alberta, piquant, acidulé et sa langue s'était faufilée pour le sentir encore plus profondément et le souffle d'Alberta s'était mêlé au sien, deux secondes, rien, le temps de respirer et de la toucher.

Et de se retrouver propulsée en arrière, couchée par terre, sur le dos.

Sa tête n'avait pas cogné trop fort. Le sable qui entourait les balançoires avait amorti sa chute.

Alberta la dominait, les jambes écartées, et elle brandissait ce qui ressemblait à une bombe lacrymo.

Comme un flic dans une série américaine, qui bloque un voyou. Elle ne disait rien, pas un mot. Ses bras étaient tendus et tremblaient. Sa respiration trop forte lui soulevait la poitrine.

Elle pouvait le faire.

Appuyer.

Dégommer cette folle.

L'éradiquer de sa vie, la pulvériser, l'atomiser.

– Je t'aime, avait dit Clara.

Prendre une photo d'elle dans cette position et la faire circuler au lycée.

– C'est pas une blague. Je crois que je t'aime, depuis longtemps et je ne le savais pas.

Lui cracher dessus.

– On passe notre temps à se chercher, toi et moi. On se cherche tellement, c'est pas possible autrement.

Le souvenir lui était remonté, précis. Le jour où Joshua l'avait appelée Herta la saucisse, elle avait jeté la photo qu'elle gardait de lui, sous son oreiller. Comme dans les romans d'amour trop niais. Déchirée en quatre, cette photo que pourtant elle regardait tous les soirs, avant de s'endormir, comme dans les romans d'amour trop cons.

– C'est pas un jeu, c'est pas un mensonge, je te jure.

Clara avait les larmes aux yeux.

C'était la première fois qu'Alberta la voyait pleurer.

La première fois qu'elle entendait quelqu'un lui dire : je t'aime.

Il fallait que ce soit Bauman qui lui fasse cette déclaration, un après-midi pourri, dans un parc miteux.

Le chien s'était approché à petits pas. Une langue immense était sortie de sa gueule et il avait léché la joue de la jeune fille à terre. Un long baiser gluant qui avait laissé sur la peau de Clara une trace luisante et grasse. Les bras d'Alberta s'étaient détendus puis elle les avait baissés.

En fin de compte, ces larmes, c'était une revanche suffisante.

11

La chambre 412 n'était pas une suite royale. C'était une pièce banale, sans doute meublée comme toutes les chambres de cet hôtel, avec la même literie correcte, les mêmes tables de chevet en bois marron, la télé écran-plat, le double vitrage pour ne pas entendre la circulation de la rue, et le même tableau au mur, un bouquet de fleurs dans un vase ou un champ de blé et son soleil rougeoyant.

Ce n'était pas vraiment un lieu romantique mais Joshua pensait que le romantisme n'avait rien à faire dans son histoire. Ou si peu.

Il était arrivé près d'une heure avant le rendez-vous et il avait récupéré les clefs à la réception. Personne ne lui avait posé de questions. Personne ne s'était inquiété pour ce jeune homme qui venait, seul, prendre possession d'une chambre et personne ne lui avait demandé ce qu'il comptait y faire. La femme qui lui avait tendu la carte magnétique n'avait formulé aucun commentaire. Elle s'était contentée de vérifier si le paiement avait déjà été effectué. DorianneG lui avait dit qu'elle gérait tous les petits détails. Il ne devait se préoccuper de rien et n'avait qu'une seule chose à faire : être là.

À l'heure.

Il y était.

Dès le premier rendez-vous, il l'avait embrassée. En sortant du café, ils s'étaient aperçus que le temps était passé très vite et elle l'avait remercié. Pour cet instant magique qu'il avait partagé avec elle. Pour sa générosité, sa grâce et la parenthèse enchantée qu'il venait de lui offrir. C'était des mots qu'il ne comprenait pas vraiment et il s'en fichait un peu. Les yeux de DorianneG brillaient. Les gens passaient près d'eux, sur le trottoir, les frôlaient, mais il les ignorait. Il s'était avancé et l'avait embrassée. À pleine bouche. Elle ne l'avait pas repoussé et sa main s'était posée sur sa nuque pour maintenir la pression et il s'était collé contre elle. Tout son corps était tendu, et il aurait pu mourir, là, debout, face à cette femme, parce qu'enfin, il s'était senti comme un homme. Grand. Solide. Sa jambe droite avait entouré la jambe gauche de DorianneG et les deux ventres s'étaient rapprochés. Les voitures passaient au ralenti. Il avait senti sa poitrine contre la sienne et sa respiration saccadée. Il aurait voulu toucher sa peau, sous le manteau, et sa bouche avait quitté celle de la femme pour descendre dans son cou et il l'avait embrassée à nouveau, fort, presque à la mordre, presque à l'avaler, à l'engloutir et ses mains n'étaient pas suffisantes pour la happer toute entière.

Pour la saisir et la prendre.

Elle avait fini par reculer d'un pas. Il avait eu froid.

– Ce n'est pas possible, elle avait murmuré.

– Bien sûr que c'est possible, il avait fait et il l'avait reprise dans ses bras, pour la serrer et elle s'était laissé faire, molle, et il avait adoré que cette femme s'abandonne ainsi.

Il l'avait revue dans un cinéma. C'est elle qui avait insisté. Pour Joshua, les plans pelotage dans les salles noires ne correspondaient plus du tout à sa vision de l'amour. C'était bon pour les ados. Les timides qui n'osaient pas se regarder dans les yeux et qui tâtonnaient au hasard pour éprouver des frissons. Il avait déjà pratiqué ce sport-là.

Il avait envie de lumière. De grand jour. De grands gestes.

De grandes actions épiques.

Fini les mesquineries et les petits faits d'armes.

Dans la salle, elle l'avait étonné. Elle s'était montrée froide et l'avait tenu à distance, ce qui avait eu pour effet de l'énerver. Il s'était collé contre elle dès le début du film et sa main était remontée le long de sa cuisse. Elle portait une jupe, sans collants et le contact avec sa peau l'avait rendu fou. Elle avait bloqué sa main et, sans se tourner vers lui, lui avait demandé d'arrêter.

Ce qu'il n'avait pas fait.

– Non, il lui avait chuchoté à l'oreille. C'est pas toi qui commandes, c'est moi.

En passant son bras par-dessus les épaules de DorianneG, ses doigts avaient écarté son chemisier. Un bouton s'était détaché et laissait un espace dans lequel il s'était glissé. Lentement. Sans se presser, en retenant sa respiration. Il lui avait caressé la naissance des seins. Elle tremblait. La chair de poule sur tout son corps. Elle aurait pu s'évanouir, tellement c'était fort et ils s'étaient à peine étreints, à peine touchés. Les doigts de Joshua dans son décolleté, rien d'autre, et son souffle sur sa joue et sa bouche d'enfant. Une bouche douce et elle pensait, je suis une vieille perverse, une vieille dégénérée, mais c'était si parfait, si délicieux. Elle aurait voulu que cela dure des heures, qu'il descende millimètre par millimètre et qu'il entoure son sein de sa main et qu'il la caresse et l'envie était si forte qu'elle s'était mordu la lèvre.

Quand les lumières étaient revenues, ils étaient restés assis, immobiles, droits dans leurs fauteuils, alors qu'à l'intérieur, c'était le bazar, le grand chambardement. Il l'avait aidée à se relever et elle en avait ri.

– Tu aides la mamie, hein ? elle avait lancé, pour le gêner.

Lui renvoyer la réalité en pleine face, qu'il arrête de rêver et elle aussi.

– Oui, il avait répondu, et son sourire était celui d'un conquérant.

Toute la journée, elle était restée branchée sur le site internet et guettait ses messages mais il avait fait exprès de ne pas lui écrire. Elle sentait que malgré son jeune âge, il avait un fort potentiel de salaud.

Elle n'avait pas fréquenté de salauds, essentiellement des gentils. Des poires, aimables, qui tapissaient son fond de vie de tarte.

Alors, elle lui avait proposé l'hôtel.

Un palace aurait été l'idéal. Comme dans les films. Un grand hall en marbre avec les hommes en smoking et les silhouettes des valets glissant sur le sol et dans l'ascenseur, elle l'aurait regardé dans les yeux pour que l'envie monte et elle se serait dénudé l'épaule, un peu, pour qu'il aperçoive un bout de sa chair et le groom aurait fait semblant de ne rien comprendre à leur petit jeu.

Elle n'avait pas osé. Le *Grand hôtel de la gare* était moins glamour mais beaucoup plus abordable.

Toute la journée, elle avait imaginé comment elle allait faire. Passer chez elle, d'abord, pour se laver, se changer. Ne pas mettre de culotte. Une robe qu'elle pouvait enlever facilement. Des préservatifs. C'était un détail mais elle était persuadée que Joshua n'y penserait pas. Il lui avait avoué, au cinéma, qu'il ne l'avait jamais fait. Elle ne l'avait pas cru, parce qu'il était si sûr de lui.

Puis elle avait pensé à sa première fois. C'était avec Éric Mouton. Son surnom, c'était Bhébhé. À un stage de tennis des vacances de Pâques. Elle avait dix-huit ans et se trouvait tarte, déjà. Il la faisait rire. Son accent du Nord, ses blagues nulles. Dans la chambre qu'il partageait avec un autre garçon, il l'avait allongée sur le lit et lui avait caressé le corps, entièrement, pendant une heure, et il répétait qu'elle était la plus belle. Elle ne l'avait pas cru. Tu parles, Charles, elle pensait, dès qu'il terminait sa phrase et quand il s'était déshabillé, elle avait voulu fermer les yeux et il avait insisté pour qu'elle le regarde et son sexe lui avait paru énorme.

Elle avait le souvenir de ce sexe et de la surprise qui avait accompagné chacun des gestes qu'elle avait faits, comme si faire l'amour, ce n'était pas si compliqué et qu'elle maîtrisait le mode d'emploi. On s'en fait une montagne. C'est ce qu'elle avait dit à Joshua, on s'en fait une montagne, mais c'est une collinette.

L'Himalaya, c'est ce qu'il pensait, couché sur le lit de la chambre 412. L'Annapurna. Le Kilimandjaro. L'Everest.

Il l'attendait et son excitation montait et sa peur aussi.

Elle avait frappé à la porte. Trois petits coups.

Son parfum était trop fort, elle le savait mais elle s'en était aspergée, une forte dose, un camouflage.

Ils s'étaient trouvés l'un en face de l'autre et le trac avait envahi la tête de Joshua. Il ne pensait pas perdre ses moyens de cette façon, alors elle avait sorti la bouteille de champagne de son sac, comme un magicien extrait son lapin d'un chapeau. Elle aurait aimé lui offrir l'éclat des paillettes, de la fantaisie, du rêve. Ils avaient bu, sans parler, presque sérieusement puis il s'était couché sur le lit et lui avait tendu la main.

– Viens, il avait dit.

Il était beau comme un petit dieu, comme ce n'était pas possible d'être beau, à la limite du supportable. La perfection et il devait savoir à quel point il lui faisait cet effet parce qu'il ne doutait pas de lui.

– Oui, elle avait dit et elle s'était approchée.

Elle avait ôté sa chemise et sa jupe et elle était nue. Face à lui. Un gosse. Elle s'était penchée et l'avait reniflé.

Dans le cou, sous ses aisselles, son ventre, un peu plus bas. Son nez sur la peau, en appuyant, en le survolant, en le chatouillant et il s'était mis à rire. Puis elle l'avait goûté. Avec sa langue. Le même parcours, le cou, les bras, le ventre et elle avait défait les boutons de son jean et elle avait vu son sexe et c'était comme avec Bhébhé, et même Lolo, et les deux, trois copains qu'elle avait connus, avec qui elle avait couché, une surprise.

Elle avait ri. D'étonnement et de plaisir de voir à quel point il ressemblait aux autres hommes.

Joshua avait senti chacun des coups de langue et la tête lui tournait. Il pensait que la seule chose qui lui restait à faire, c'était de se placer sur DorianneG. C'est ce qu'il se disait, je vais entrer en elle, je vais mettre mon sexe en elle et puis sa pensée s'était diluée dans son envie. Il ne s'était pas aperçu du changement de position de sa compagne. Elle s'était décalée sur le côté du lit et ses mains ne le touchaient plus. Elle le laissait s'emballer et, oui, bien sûr, il était devenu fou et il avait suivi avec sa bouche la courbe de ses seins et ses mains couraient partout et ne trouvaient pas leur place et s'affolaient. Son cœur battait à tout rompre et son sexe frottait contre les cuisses de la femme. Le frottement s'accélérait alors elle l'avait pris, pour le guider. Pour l'aider et l'amener à elle.

– Attends, il avait eu la force de dire.

– Quoi ? elle avait demandé.

– Juste, attends.

Il voulait retenir cette image, le plus longtemps possible. Cette femme qui était là, et son corps et son odeur et la couleur et la forme de ses yeux. Elle était une frontière qu'il allait franchir. Une porte, un chemin, elle était le début de sa vie d'homme et il s'en fichait, d'avoir l'air stupide, avec son sexe qui n'en pouvait plus et l'envie de faire l'amour qui lui tordait les reins et lui coupait le souffle.

– Comment tu t'appelles, il avait demandé. Pour de vrai. Pour que je sache et que je m'en souvienne.

Elle avait fermé les yeux.

– DorianneG. Je m'appelle DorianneG.

12

Vers deux heures du matin, Lola avait entendu la porte de l'entrée grincer et des pas sur le sol carrelé. Sa mère avait ôté ses talons et essayait de ne pas faire de bruit. Le bruit d'un verre brisé l'avait poussée à se relever.

Avant de sortir de l'appartement, Henri l'avait installée dans le lit, l'avait bordée, en tirant sur la couette pour la rentrer sous le matelas. Il avait même déposé une bise sur son front pour lui souhaiter bonne nuit. Elle ne lui avait pas posé de questions : où est ma mère, qu'est-ce qu'elle fait, quand est-ce qu'elle revient, pourquoi elle n'est pas là ? Elle n'avait plus trois ans et il n'avait pas les réponses, le pauvre bonhomme. Elle le trouvait bien brave et sympa. C'est lui qui s'occupait du chat Pilou et de l'arrosage des plantes et qui remplissait le frigo quand celui-ci criait famine.

Dans l'ensemble, la soirée avait été excellente. Henri était drôle et il lui avait raconté sa jeunesse qui semblait dater de la dernière période glaciaire. Ses dix années de « just for fuck ». C'est comme ça qu'il avait appelé sa période de chasse à l'homme. Il ne tombait pas vraiment amoureux, mais il accumulait les histoires, les corps, les désirs, il les multipliait. C'est ce qu'il aimait, surtout, être occupé. Jouer. L'amour, c'était une succession de gestes, un enchaînement de circonstances. Pour chasser l'ennui et rire et se faire plaisir. « Just for fun. » Il tombait amoureux et se lassait très vite. Lola n'avait rien dit et l'avait écouté. Elle le comprenait parfaitement et avait envie de s'exclamer, c'est pareil pour moi, c'est pareil pour moi, c'est tellement la même chose, je vous comprends tellement mais comment on s'en sort, comment on arrête ?

– On n'est pas sérieux quand on a dix-sept ans, il lui avait dit et comme la jeune fille le regardait, sans réagir, il avait précisé, c'est de Rimbaud, un poète, et elle avait répondu qu'elle passait le bac de français dans quelques mois et qu'elle savait qui était Rimbaud et qu'elle n'était pas une cruche.

– On n'est pas sérieux quand on a dix-sept ans, et à soixante-sept ans, on rêve de ne plus l'être. La vie est mal foutue, non ?

Elle aurait aimé avoir soixante-sept ans et être sage et avoir dépassé tous les troubles et les doutes et les orages de la vie.

Sa mère nettoyait les morceaux du verre, éparpillés sur le sol de la cuisine, tout en repoussant Pilou, qui se faufilait entre ses jambes. Elle était pieds nus et Lola avait eu le réflexe de chercher une paire de chaussons, pour qu'elle ne se blesse pas mais Catherine s'était redressée :

– Bouge-pas !

Elles se faisaient face et Lola s'était aperçue qu'elle était aussi grande que sa mère, à présent.

La lumière du réverbère, dans la rue, les éclairait. La loupiote rouge du four clignotait et se reflétait sur la nappe blanche de la table. Le visage de Catherine semblait bronzé, elle avait des petites rides autour de sa bouche et des cernes sous les yeux. Elle était fatiguée, oui, il était tard et elle avait besoin de dormir.

– Tu es belle, ma fille, avait soufflé sa mère.

Elle avait encore la balayette dans une main et dans l'autre, la pelle et le chat lui chatouillait les mollets.

– Tu as bu ? avait lancé Lola.

– Non.

Henri avait affirmé que sa mère allait très bien, que financièrement, elle s'en sortait et qu'il ne fallait pas s'inquiéter.

– Tu crois que j'ai bu ?

– Tu as le droit. Je m'en fiche. Tu es libre et majeure. Tu fais ce que tu veux. Tu peux te bourrer la gueule au lieu de venir me chercher à la gare. Tu peux faire la fête avec tes potes et m'oublier et laisser un vieux s'occuper de moi.

– Je n'ai pas bu. Approche.

Elle avait ouvert ses bras et Lola avait hésité, quelques secondes, mais sa mère lui avait souri. Son grand sourire. Avec ses deux dents du bonheur, ce petit trou incroyable, dans sa petite bouche, qui faisait tout son charme et personne ne pouvait lui résister. Elle s'était avancée et sa mère lui avait fait sentir son haleine. Qui sentait la clope et le chewing-gum à la menthe mais pas une trace d'alcool, rien, alors Lola avait ri, à cause de la position de sa mère, la bouche ouverte, face à sa fille, pour lui faire renifler le fond de sa gorge et elle s'était collée à cette folle, sa maman, sa tarée d'hystérique de furieuse de Maman.

Et la joie lui était montée, d'un coup, dans les yeux, des larmes, mais pas de tristesse, pas de rancune, pas de rage, juste un pur bonheur, se frotter à sa mère et retrouver son odeur, sa chaleur intense. C'était sa place, entre ses bras.

Ensemble, elles avaient dit :

– Tu m'as manqué.

L'étreinte s'était relâchée.

On ne peut pas passer sa vie, dans les bras de sa mère, à l'abri.

Le chat s'était incrusté entre les deux femmes.

– Il est jaloux, Pilou. Il ne supporte pas quand j'embrasse d'autres personnes.

– Tu embrasses beaucoup trop, peut-être ?

Lola avait senti l'acidité de sa phrase et elle l'avait regrettée aussitôt mais c'était trop tard, elle avait lâché son fiel.

Catherine n'avait pas réagi et son sourire était resté en place.

– Moi aussi, je t'aime, elle avait dit.

Lola ressemblait à son père. Le premier jour, en observant son petit visage de bébé chiffonné, dans son berceau transparent, à la maternité, alors que toute la famille s'extasiait, détaillant les traits qu'elles allaient avoir en commun, Catherine avait vu la figure de Bernard. Son expression concentrée, le pli entre les yeux quand il lui faisait des reproches, sa fossette dans la joue droite. Ce bébé était le portrait de son père.

– Et pour ta gouverne, sache que je n'embrasse plus. Coupure de courant à tous les niveaux. J'ai débranché la machine. En panne, hors service. Depuis un an, je carbure au pain sec et à l'eau.

– Je ne comprends pas.

Catherine avait poussé un soupir et s'était assise sur un tabouret, les coudes sur la table, et Lola l'avait trouvée vieillie et ce n'était ni l'heure tardive ni la fatigue qui lui ôtaient les étincelles des yeux.

– Tu ne me crois pas.

Son sourire était minuscule.

– Ton père, je l'ai rencontré à un concert de Renaud, en 89. On ne te l'a pas raconté parce qu'il n'assumait plus, Bernard, mais il était rond et fumé comme un jambonneau, ce soir-là. Il me disait, ce n'est pas un bon exemple à donner à notre fille, de lui raconter cette histoire. Il voulait que l'on soit irréprochables. Lui et moi. Lui, surtout. Il avait souvent raison. C'est ce que j'aimais. Sa raison infaillible, son pragmatisme cartésien. Mon propre père me répétait que cet homme allait me coller les pieds au sol, vu que le sens de la réalité me faisait souvent défaut. Il appréciait Bernard, mais lui aussi, Papi Jeannot, ignorait que la première fois que j'avais vu mon futur mari, il était défoncé, archicuit et qu'il m'avait fait rire comme jamais aucun homme n'a réussi à le faire depuis.

Pour Lola, c'était difficile d'imaginer son père drôle. Léger et jeune. Pour elle, Bernard était né vieux, le crâne dégarni. L'antithèse de l'humour.

– On s'est retrouvés tous les deux juste devant la scène. J'avais fait la queue des heures durant, pour être aux premières loges, avec ma copine Claudine, et c'est vrai qu'on avait pas mal entamé la bouteille qu'elle avait chourée chez ses parents, avant d'aller au concert. Bernard était habillé comme Renaud. Le même blouson, le pantalon serré, les cheveux blonds et longs. Il lui ressemblait, c'était incroyable et je l'avais repéré de loin, ce gars, qui sautait partout et qui chantait fort. Je me suis collée à lui et il m'a filé son joint et on s'est regardés. Renaud chantait : « tu vois, ma môme, je suis morgane de toi, chuis qu'un fantôme quand tu vas où chuis pas, Lola » et ton père avait un air de loubard de banlieue, un bandana rouge noué à son cou et des yeux hallucinants, une boucle d'oreille et des santiags de folie. Il m'avait balancé : notre fille, on l'appellera Lola. En hommage. Et il m'avait embrassée, direct, sans prévenir et je peux te le dire, maintenant qu'on se dit tout et que tu es une femme, presque personne ne m'a embrassée aussi bien que ce gars, aux pieds du chanteur, dans la fumée et la poussière et les corps qui se touchaient, se poussaient et se repoussaient. J'ai failli m'écrouler et je me disais que peut-être son shit était trop fort et il m'avait embrumé la cervelle et que j'étais pétée mais ce soir-là, je ne suis pas rentrée chez moi et j'ai dormi dans la tente que ton père avait montée, dans le jardin d'un copain, et on n'a rien fait, on a été sages et je lui ai pris la main et j'ai répété, Lola, Lola, Lola, comme une berceuse. On a mis presque dix ans pour te faire. Et je ne regrette pas, tu es mon soleil, tu es ma fierté, ma fille. Mais au bout de ces dix années, le concert de Renaud n'était plus qu'un secret qu'il fallait taire.

Lola s'était assise à son tour près de sa mère et elle la regardait, immobile. C'était la première fois qu'elle entendait cette histoire. La première fois que sa mère prenait le temps de la lui raconter.

– Il y a presque un an, j'étais avec Enzo. Je ne t'en ai pas parlé, d'Enzo, parce que je savais que ça n'allait pas durer et que c'était, comme dit Henri, « just for fun, just for fuck ». Tu l'as rencontré, Henri, il a des théories fabuleuses sur l'amour. Donc, Enzo m'emmène dans cette soirée. Il est dans le business, tu sais, le genre costume-cravate-je-me-la-pète avec les gros rouleaux de billets dans la poche du pantalon et la dégaine du cigare facile. Tu l'aurais vu, tu m'aurais demandé : Maman qu'est-ce tu fiches avec cet abruti ? et je ne sais pas quelle réponse j'aurais pu te donner. C'était drôle. J'aime rire. Tu me connais. Dans cette soirée, au bord d'une piscine, avec des filles en bikini, foutues comme des déesses, je ne me sentais pas à mon aise mais Enzo m'a rassurée et il m'a dit que j'étais la plus belle, ce qui est une bonne raison pour rester avec un homme. Je pensais que j'étais amoureuse. À ce moment, le DJ, un petit à casquette, pour faire l'original, a passé une chanson de Renaud. *Morgane de toi.* Remixée avec une merde, mais on reconnaissait la chanson. J'étais au bord de la piscine, en talons hauts, avec le gloss qui me tendait les lèvres et je me suis revue, il y a presque vingt-cinq ans, au concert, avec ton père et la vie qui était si belle et les projos qui nous chauffaient les joues et les amplis qui nous dégommaient les oreilles. J'ai jeté mon portable dans l'eau. Avec les numéros de mes ex et celui d'Enzo. Et mon verre de vodka a suivi. J'ai déboulé dans l'appart d'Henri et je lui ai demandé de me faire une tisane et je lui ai juré que c'était fini. Que j'arrêtais les conneries, les mecs, l'alcool, les petits boulots à deux balles et que j'allais retrouver mes vingt ans, dans ma tête. Quand j'étais naïve et gaie et pleine de rêves, avec l'envie d'avoir une fille qui s'appellerait Lola et qui serait la plus belle fille du monde. Et je m'y tiens. J'ai croisé Claudine, presque par hasard, dans la rue, et ensemble, on a monté une petite entreprise avec mes patchworks et si je suis rentrée à cette heure, c'est qu'on est en plein montage financier et que je ne comprends pas grand-chose aux papiers administratifs mais je m'accroche. Je suis sérieuse, je te jure, et je n'ai même plus le temps de caresser Pilou, qui me colle et m'en veut à mort.

Le chat s'était juché sur les genoux de Catherine et miaulait pour attirer son attention. Lola avait baissé les yeux sur la main droite de sa mère, qui tremblait légèrement. Le bout de l'index et du majeur étaient jaunis, à cause du tabac de ses cigarettes roulées.

La lampe rouge du four éclairait par intermittence leurs sourires, qui se ressemblaient, et Lola avait pensé que, finalement, son amour pour sa mère était un îlot de certitudes, dans l'océan de doutes dans lequel elle baignait.

13

Le petit copain, « the boyfriend », d'Ufuk était un grand brun, déjà gras du bide, aux cheveux longs, et très sympa, qui lui tapait sur l'épaule et répétait, avec son accent : vive la France, vive la France et dans sa bouche, ça sonnait comme la Froooonce, la Fronnnnnce et Tarkan lui répondait : yes, yes, la Froooonce et il se marrait. C'était la seule chose qui lui restait à faire.

Se marrer.

Le coup de soleil qu'il avait attrapé dans la nuque et sur ses bras le lançait. Le gars lui appuyait dessus, sans le faire exprès. Il n'osait rien dire et serrait les dents. Les autres amis d'Ufuk l'entouraient et ils se parlaient entre eux en faisant tourner les bouteilles de bière et c'était gai et joyeux. Le flux et le reflux de la mer rythmaient leurs rires et les éclats de leurs voix. Posé sur les galets, au centre du cercle qu'ils formaient, un téléphone portable crachait un son pourri. Les chansons en turc s'enchaînaient et la petite brune, à ses côtés, se penchait, et demandait, you like that song ? et Tarkan levait son pouce pour marquer son appréciation, ce qui rendait la jeune fille hilare. Elle avait ôté ses chaussures et ses pieds frôlaient ceux de Tarkan. Elle tapait dans ses mains et fredonnait les paroles.

En face, Ufuk lui souriait.

Au début, il avait refusé son invitation. Elle avait sonné à la porte, en fin de journée et Tarkan était assis dans le canapé, assommé, incapable de réfléchir. Les petits cousins lui tournaient autour comme des moustiques qu'il ne chassait plus, le corps vidé de toute énergie.

Il digérait son émotion.

Il avait appris, dans le flot d'informations qu'elle avait lâché, qu'elle pensait à lui, parfois, de temps en temps. Qu'il était un bon souvenir, un bon camarade, et qu'elle était fière de parler de lui à ses amis, du copain français et oui, elle avait perdu la bague, elle était désolée, et oui, elle avait un boyfriend, Jason, et elle bossait pour les vacances à la vente de tickets mais aussi comme guide dans les ruines et c'est ce qu'elle voulait faire plus tard, comme métier, pour les touristes, guide et c'était grâce à lui. Parce qu'à l'âge de dix ans, il parlait si bien du passé. Des Grecs. De la vie dans la cité. Il avait redressé les murs, rien que pour elle. Ensemble, ils avaient arpenté les rues pavées, les maisons avaient surgi du sol. Il avait ce don, lui, de ressusciter les morts, les anciens, leurs secrets, leurs habitudes et elle le remerciait pour cette vocation qu'il avait su faire naître en elle.

Elle s'était tue, au bout d'un moment. À cause du soleil, sans doute, et parce qu'elle devait retourner près de son guichet. Et que Tarkan se taisait.

Elle savait qu'elle parlait trop quand elle était nerveuse. Elle remplissait les vides.

Elle s'était excusée.
– I talk too much. I'm sorry.
C'est vrai, il avait pensé.
– Hayir, il avait répondu. Non, en turc.
Elle avait souri.
Elle s'était hissée sur la pointe des pieds, pour lui déposer un baiser sur la joue et s'était éloignée, sans se retourner, consciente du sérieux dont avait fait preuve le garçon. Son silence l'avait impressionnée.
Tarkan avait pensé à l'éventail des possibilités qui s'offraient à lui :

- Se jeter du haut de la falaise, laisser son corps flotter dans l'eau, pourrir, rongé par le sel, et finir dans les estomacs des tortues marines qui broutaient les algues, le long de la côte.
- Courir après Ufuk et la renverser sur le sol et lui rouler la plus grosse pelle de sa vie, pour qu'elle retienne autre chose de lui que sa capacité à faire revivre les ancêtres. La rendre folle de lui, qu'elle regrette ces années sans sa présence. Qu'elle le supplie de lui accorder le pardon pour avoir égaré la bague, parce qu'il y croyait, à leur histoire. Ce n'était pas n'importe quoi, pas un symbole à la noix, pas un engagement à la légère.
- Téléphoner à Joshua et l'insulter, ce gros crétin, ce fils de chien, et lui dire qu'il avait raison et que la barbe à papa avait dégouliné sous le soleil de la Turquie et qu'il en avait plein les doigts, plein le cou, plein le cul, plein partout.

Puis il s'était souvenu.

Quand il était petit.

Comment il entrait dans la cité. Sa machine à remonter le temps.

La magie de ces lieux.

La voie dallée qu'il empruntait et les rigoles, les caniveaux, les bornes qui marquaient son chemin et lui indiquaient la bonne direction. Il s'était reconstitué un domaine à partir des fondations. Deux jardins intérieurs, sa chambre, la salle à manger avec les bouts de mosaïque rouge et verte dispersés dans un champ, la cuisine, les latrines, les thermes.

Les Romains avaient succédé aux Grecs et la frise chronologique se déroulait, à plat, devant lui, entre les pierres taillées et les statues brisées, les monuments effrités, les arches brisées de cette cité abandonnée qui, pour lui, se dressait à nouveau, entière, les dorures des façades flamboyant au soleil.

Dans les arènes, il avait affronté les lions et les gladiateurs. Ses actes de bravoure avaient électrisé la foule, et les cris, les encouragements du peuple résonnaient à nouveau dans l'enceinte brisée.

Il avait repéré les traces des roues des charrettes dans les pierres, en grattant le sol, et reconstitué la route empruntée par les marchands.

Quand le soir tombait, il devait s'arracher aux ruelles. Se faire violence pour abandonner les lieux. Le vent courbait les arbres et leurs bruissements étaient les échos des habitants de cette ville.

Sa nostalgie s'y était ancrée.

Elle avait raison, Ufuk. Elle n'avait pas oublié son intérêt pour les vestiges, son attachement aux décombres. Il était doué pour le passé, pour se raccrocher aux débris et recréer la réalité. Il n'était pas à l'aise dans son présent.

La dernière possibilité :

- Tirer un trait. Oublier. Ne plus penser. Ne pas regretter ces années qu'il avait perdues à courir après un fantôme.

C'est ce qu'aurait fait Clara, il n'en doutait pas.

Elle était de la race des héros. Elle se serait descendu sa bouteille de raki, cul sec, en lâchant un petit rot de satisfaction et elle aurait oublié son chagrin d'amour.

Il devait l'appeler.

Entendre sa voix.

Le dos courbé, il était retourné chez sa tante. Son père ne lui avait posé aucune question et Tarkan avait laissé son cœur grossir dans sa poitrine. Occuper tout l'espace, entre les côtes et les poumons, en écrasant ses intestins et son foie et sa rate et toutes les parties dont il ignorait le nom et qui lui permettaient de vivre. Son cœur avait enflé, il le sentait, ce n'était pas une illusion. Il aurait aimé s'endormir et se réveiller des siècles auparavant, en pleine Antiquité, vêtu d'une toge. Dans son enfance.

Ce n'était pas de la tristesse. La tristesse abat, la tristesse étouffe le cœur. Le sien était immense et battait plus vite, comme s'il allait exploser. Il n'avait pas envie de pleurer. Il se sentait simplement envahi par les battements de son organe encombrant qui se répercutaient jusqu'à sa cervelle et l'empêchaient de réfléchir.

Ufuk avait sonné à la porte et elle avait demandé à lui parler. Il avait eu du mal à s'extraire du canapé, à cause de sa poitrine farcie et du poids de son cœur obèse.

Elle s'était changée, maquillée. Ses traits avaient perdu de leur enfance et Tarkan s'était senti rassuré, sans comprendre pourquoi. Elle ne ressemblait plus à la fille de sa photo. C'était une femme. Une étrangère, quelqu'un qu'il ne connaissait pas, qu'il n'avait jamais connu.

Une fête s'organisait, sur la plage, entre amis, et elle voulait lui proposer de se joindre à eux. Comme il hésitait, elle avait pris sa main, pour l'entraîner. Ils avaient descendu la rue, en silence, et, juste avant de rejoindre le petit groupe, elle s'était immobilisée.

– Tu m'en veux ? elle avait demandé.

Elle parlait en turc et Tarkan avait tout compris, comme si la langue lui était revenue d'un coup, en rompant les digues qu'il avait pu ériger.

– Non, il avait fait, après quelques secondes.

– Tu peux m'en vouloir. Je crois que c'était important, pour toi. Mais on était si petits, si jeunes, Tarkan, des gamins. Les promesses des enfants, ce sont des caprices.

Il n'avait pas su quoi répondre. Aucun mot, rien pour expliquer. Il avait le sentiment d'avoir perdu.

Un jeu. Une règle qu'il n'avait pas su comprendre. Ou de travers.

Elle avait attendu, un peu, qu'il trouve sa phrase puis lui avait présenté Jason Vive la Froooonce et la petite brune qui lui chatouillait les orteils, sur cette plage de galets cernée par la mer.

Et son cœur, lentement, dégonflait, diminuait, reprenait sa place.

Acte 3

« Mais il faut que j'arrache ma victoire,
et non pas qu'il me la donne :
je veux un combat entre l'amour et la raison. »

1

Elle était au-dessus de moi et elle m'a dit :

– Tu vois, c'est le plus beau jour de ma vie, Bauman.

Elle souriait en parlant, un grand sourire de folledingue. Elle a continué et m'a tout balancé d'un trait, sans reprendre sa respiration :

– Je ne t'ai jamais aimée. Je te déteste. Je m'en fous, de savoir laquelle de nous deux a commencé. La poule et l'œuf. Le serpent qui se mord la queue. On s'en tape. On a oublié. À partir d'aujourd'hui et jusqu'à ce que je crève, je ne t'adresserai plus la parole et même si je vis cent deux ans, je vais t'ignorer. Si par hasard, mon regard croise le tien, je penserai à cet instant. Ta position. Par terre. Comme un ver, une limace. Quand on sera vieilles, ce sera pareil, je penserai à ta gueule. Personne ne saura. Je ne dirai rien, je ne balancerai pas. Ton baiser de merde et tes idées tordues mais quand je te verrai et que tu lèveras ton regard sur moi, songe à ce que je sais. Et baisse les yeux.

Elle m'a touchée de la pointe de son pied, comme quand on vérifie qu'un cadavre est bien raide et elle a rajouté :

– Tu ne m'aimes pas. Tu crois mais t'es le genre de pourriture qui peut pas aimer.

Et elle est partie.

Elle a rempoché son arme, sans faire attention à moi et j'ai compris qu'elle avait raison. Que toute sa haine était fondée. Que j'avais mérité son discours et son mépris.

Je te jure, elle m'aurait baffée, aspergée de son spray tue-mouches, j'aurais eu moins mal.

Je me suis relevée. J'avais le dos cabossé et je grinçais de partout et je ne savais pas quoi faire parce que tu n'étais pas là, personne, pas Lola, pas Joshua, rien et j'avais ma peau râpée et mon cœur cognait trop fort. Elle était logique, Herta la saucisse, pas besoin d'une longue démonstration. Je ne peux pas aimer. Je ne sais pas aimer. Je n'aimerai jamais. Je suis née amputée des sentiments ou aveugle, je ne sais pas, handicapée de l'affection. C'est ce que je pensais et elle me l'a confirmé.

Le chien est venu me renifler. Je lui ai filé un taquet, qu'il comprenne à qui il avait affaire et il a disparu, vite fait, bien fait, en couinant, la queue entre les jambes. Je n'ai pas eu pitié.

Le bus est passé. Je me suis collée contre la vitre et j'ai regardé les gens qui marchaient, les couples qui se tenaient par la main, juste pour me sentir malheureuse, et c'était bien mérité.

À la maison, Philippe avait laissé une moitié de tarte aux fraises sur le bar et un mot : on est en balade, gave-toi !

Il sait que j'adore les tartes à la fraise.

J'ai fait ce que je ne fais jamais.

J'ai appelé Papa.

Je ne t'ai pas parlé de mon père. Ce n'est pas un secret, c'est juste que je n'y pense pas. Il a toujours bossé sur les plateformes pétrolières, j'ai été habituée à son absence et quand ils se sont séparés, mes parents, il est resté en Suède, un coin où on se les gèle et où on parle une sale langue qui ressemble à rien. Il m'écrit, il pense à mes anniversaires, il paie la pension alimentaire, il veut m'inviter mais j'esquive. Au téléphone, j'ai toujours peur de tomber sur sa copine et de devoir baragouiner en anglais des formules de politesse. Birgit, elle s'appelle, je crois, un nom qui ressemble au bruit du dégueuli. Une grande blonde que tu peux trouver dans tous les supermarchés des pays nordiques, au rayon des quiches surgelées. Il a décroché directement.

– Hallo, il a fait.

– Papa, j'ai dit.

– Ma puce, il a répondu. Avec un temps d'arrêt, parce que ça doit faire cinquante ans que je lui ai pas causé.

Après, je n'ai pas su quoi lui dire. C'est pas pour rien que je l'appelle pas. Je sais pas parler au téléphone, faut que je visualise et là, je te connais, alors je t'imagine, c'est plus facile, mais mon père, j'ai du mal à me rappeler sa tronche. Quand j'étais petite, j'ai pas imprimé son visage, il s'est pas assez approché de moi. Paraît que ça fonctionne comme ça avec les oies. Elles enregistrent la première silhouette qu'elles aperçoivent et passent leur vie à la suivre. J'ai dû louper l'étape, avec mon paternel. Il a commencé par remplir les vides, pour entretenir la conversation. Il m'a questionnée sur ma mère, et Philippe, alors j'ai demandé si ça ne lui faisait rien. Les jumeaux et le nouveau mec et la belle vie qu'elle s'était faite sans lui. Y a eu un grand silence puis il a dit qu'il ne s'en remettrait jamais. Que ma mère était son plus grand chagrin d'amour. Véritable. Planté. Profond. Avec des racines et des ramifications. Que les chagrins d'amour ne disparaissaient pas, il ne fallait pas croire. On gardait toujours dans son cœur un trou profond. On essaye de le combler, on arrive à balancer des gravats pour remplir l'espace vide mais le mal est fait, trop tard. Je lui ai dit que je l'enviais. Je voulais un chagrin moi aussi, comme s'il allait comprendre, lui qui habite si loin et qui sait rien de moi, nada, et il a dit qu'il voulait bien m'en filer un peu, de sa peine, que c'était avec plaisir qu'il partageait avec moi et notre discussion, à ce moment, c'est devenu n'importe quoi. Je lui ai dit, d'accord, et il a dit d'accord et on était contents, tous les deux, connectés par les ondes du téléphone. Mais il a ajouté que pour avoir de la tristesse, je devais d'abord tomber amoureuse puis, dans l'ordre, souffrir. Ce n'était pas possible autrement. On ne peut pas tricher avec l'amour, il doit être profond pour faire naître le regret.

– C'est justement le problème, j'ai dit, je crois que je ne sais pas aimer.

– Réfléchis pas, il m'a dit. C'est inutile. Ça ne se passe pas dans la tête.

J'ai raccroché sans faire aucune promesse, tu vois, pas de « je viendrai te voir bientôt, Daddy » ou « je pense à toi tous les jours » parce que ce n'était pas vrai et je n'allais pas lui mentir. Il n'a pas essayé de me convaincre. Il doit savoir que la Suède, c'est une zone trop au nord du monde pour les êtres humains.

Je me suis goinfré la tarte. Il l'avait bien réussie, Philippe, il est fort, faut rendre à César ce qui appartient à César. Elle m'a aidée, c'était un peu de douceur dans ce monde de brutes. Les pieds posés sur la table basse, devant la télé, et même si mon père m'avait conseillé de ne pas le faire, j'ai pensé à des tonnes de trucs.

À toi.

J'ai pensé à toi.

Tu occupais toute ma cervelle. Tu prenais toute la place et tu sais qu'elle n'est pas grande, ma tête, et que j'ai du mal à tout faire rentrer. Pas gêné, tu t'étais étalé, et je cherchais à te chasser, ouste, Tarkan, fiche le camp, bouge de là, mais tu ne voulais pas partir. Des détails. La façon que tu as de manger les bananes sans les peler entièrement, les lacets toujours défaits de tes chaussures, les petits poils que tu as sur la nuque, les restes de ton accent quand tu dis mon nom, Clara, avec le « r » qui roule. Que des détails, tu vois. Incrustés. Alors, j'ai pris mon téléphone et je parle dans ton putain de répondeur et tu n'entendras rien, mon message prend trop de place et rien n'a été enregistré, mais ça fait une heure que je cause dans le vide et que je te raconte ma vie.

Tu ne décroches pas. Tu n'es pas là. Je te cherche. Malgré moi. Je sursaute à la moindre sonnerie. J'ai presque zappé ma boulette avec Herta et la honte qui va me poursuivre sur trois générations. Parce que je viens de comprendre un truc, Tarkan, et faut que je te le dise, les yeux dans les yeux, en direct live, quitte à me prendre la seconde plus grande humiliation de ma vie. Mon père est dans le vrai, même si c'est un père de pacotille qu'est bon qu'à me refiler gratos le chagrin qu'il a en trop. Il m'a dit : qui ne risque rien, n'a rien. C'est une phrase de roman de quai de gare. Pas grave. J'assume. Rentre, s'il te plaît. Dépêche-toi de revenir. Tu me manques.

2

Lola, j'aurais aimé que tu sois là. Pas dans le pieu, je ne suis pas un pervers. Je ne vais pas te demander de m'accompagner partout, surtout au lit, ça serait tordu.

C'est juste que j'avais besoin de toi.

Dans la chambre de cet hôtel pourri qui sentait la pisse de clochard. On entendait les trains passer et les vitres tremblaient. Et la télé des voisins. Le bruit de leur chasse d'eau. Les portes claquaient dans les couloirs et j'ai essayé de me concentrer sur ce que je devais faire.

J'ai essayé de penser à ce que tu me dirais.

Casse-toi.

Oui, tu m'aurais peut-être dit: casse-toi, fissa. Dégage de là. N'attends pas des plombes, fais pas le blaireau. Fonce.

Et c'est ce que j'ai fait. Je me suis levé, poli, et je me suis excusé. J'ai demandé si elle voulait quelque chose. Elle a secoué la tête. Non. J'ai presque regretté. D'avoir écouté ton conseil alors que tu n'étais pas là. C'était débile. Je t'en voulais. Mais tu as souvent raison, il faut le reconnaître. Je ne l'ai même pas embrassée, je suis sorti et je me suis aperçu que j'avais oublié ma veste dans la chambre et je ne suis pas monté pour la récupérer. Dans l'ascenseur, le miroir reflétait ma gueule et je n'étais pas beau. Sérieux, j'avais une sale mine, les yeux gonflés, la langue décolorée, blanc comme un cachet d'aspirine qui a dû mal se dissoudre.

La tronche d'un mec qui fuit. Le lâche. Le gros naze qui n'assume pas.

Ce n'est pas comme ça que j'imaginais la fin de l'histoire. Je voulais un truc plus classe, le genre de générique de fin avec feux d'artifice et le tapis rouge et la foule en délire qui pousse des acclamations.

J'ai marché deux heures, dans les rues. Je ne voulais pas rentrer au restau avec Papi qui aurait aussitôt reniflé le truc louche. Il est fort, Papi, il appuie toujours là où ça fait mal. Il a un sixième sens.

Je ne me suis pas trompé. Il m'attendait dans ma chambre. Assis devant mon ordi. Que je n'avais pas éteint. Qui était toujours sur la page du site. La photo de DorianneG en gros plan. Mes commentaires en gras. Ses messages. Mon bide s'est retourné sur lui-même, mes tripes se sont nouées. Il n'a rien dit. Il m'a demandé de descendre en cuisine. De me laver les mains avant. Je l'ai rejoint. Sur le plan de travail, il avait étalé la viande, le céleri, les tomates, les oignons, le blé, tous les condiments.

– On fait la chorba, Papi ? j'ai demandé.

Il n'a pas répondu. Il m'a tendu le tablier. Je l'ai noué comme lui, en faisant trois tours autour de la taille. Il est resté immobile, debout, le dos au mur. Je l'ai trouvé vieux.

– Tu travailles seul, il m'a dit. Je te regarde.

Je ne voulais pas. Je n'avais pas envie de cuisiner, je pensais encore à ce qui s'était passé dans la chambre, avec Dorianne, et ma réaction. Je me sentais mal.

La chorba, ce n'est pas difficile. L'enfance de l'art. Même toi, tu pourrais y arriver. Un jour, je te montrerai. Je pourrais la faire les yeux fermés. En découpant les oignons, j'ai chialé. Normal. Même Papi pleure et pourtant, il en a découpé, dans sa vie, des oignons. Dans la grande poêle, je les ai fait revenir avec l'agneau tranché en petits morceaux. Rien que l'odeur des oignons et de la viande, tu baves déjà. J'ai rajouté le sel et le paprika sans que Papi ne me le rappelle. D'habitude, il est sur mon dos, à vérifier, à ordonner. Il dit que c'est moi les bras et lui, la tête, c'est le principe du grouillot. Dans l'écumoire du couscoussier, j'ai placé les tomates et j'ai laissé ramollir, avec la chaleur. La cuisine commençait à sentir bon. La vapeur montait au plafond et s'étalait. J'ai rajouté les tomates ramollies puis écrasées, du poivre noir, de la cannelle, la coriandre hachée.

– C'est bien, a commenté Papi.

Il m'a tendu l'eau, pour que je la verse dans la préparation, et le blé.

– Tu sais comment on l'appelle, au pays, le blé ? il m'a demandé.

– Oui, Papi. Je sais.

– On dit le frik. Le meilleur frik que j'ai jamais mangé, c'est celui de Constantine. Le vrai, l'original, celui qui a le plus de goût, que le soleil a fait dorer. Mon père, David, le cuisinait aussi.

Je connaissais toute l'histoire de mon arrière-grand-père, David Benaflek senior. Il avait fait des études pour devenir rabbin mais la dernière année, la foi l'avait quitté. Il ne croyait plus. Les paroles qu'il prononçait lui semblaient vaines et résonnaient dans le vide. Le ciel n'était pas habité. Sa femme, qui respectait le shabbat et mangeait casher, avec les deux services, un pour la viande, l'autre pour les laitages, avait décidé de faire comme lui. De renier Dieu. Par amour. Ce qui n'était pas rien. Pour les beaux yeux de son mari. Dans la famille, la légende dit que c'était un geste d'amour magnifique parce qu'elle l'aimait comme une folle. Quitte à devoir perdre sa place au paradis en allumant le feu le vendredi soir. Et mon grand-père s'était mis à faire la cuisine à la place de sa femme, pour lui laisser quand même une chance.

Je croyais que Papi allait me radoter toute l'histoire mais il s'est assis, lui qui reste toujours debout.

– J'avais ton âge, un peu plus, je crois. Je ne pensais qu'à une chose. Aller au bordel.

J'ai failli me trancher le doigt. À ce moment aussi, j'aurais aimé que tu sois là. Tu aurais su quoi lui répondre. Moi, je suis resté silencieux.

– Avec un copain, Momo, on avait pris notre courage à deux mains et investi les deux francs six sous qu'on avait pu économiser et quand on était entrés dans le hall, on n'en menait pas large. Trois filles étaient installées sur un long sofa, en chemise de nuit. Les jambes découvertes. Un peu de tralala, un peu de dentelles mais pas les Folies Bergères non plus. La patronne, une grande maigre avec un nez fin comme un couperet, nous avait demandé notre argent et je me souviens de ses longs doigts aux ongles rouges qui ont agrippé notre monnaie. Elle nous a proposé de choisir. Parmi les trois filles, y avait une blonde. Presque blonde mais tu vois, moi les blondes, j'en faisais des nuits blanches. Je ne peux pas te dire si elle était belle, je n'ai vu que la couleur de ses cheveux. Au lieu de monter, on est descendus. Sa chambre était au sous-sol et je l'ai suivie sans parler, ce qui, pour moi, était un exploit. L'escalier était raide, elle s'est retournée à plusieurs reprises et elle me souriait. Je tremblais. J'ai dû louper une marche. Mon pied a glissé, ma cheville s'est tordue, je me suis effondré sur la femme et nous sommes tombés tous les deux, en roulant. Moi sur elle, elle sur moi. On a atterri sur le tapis, en bas. Il a amorti le choc. Elle sur moi, moi sur elle. Mon nez dans son décolleté avec ses seins larges comme la mer Rouge et le passage de Moïse entre les deux. Son odeur était très forte et je pense qu'elle s'était sérieusement assommée parce qu'elle ne bougeait pas. Elle a commencé à gémir. Je me suis enfui. Sans demander mon reste. Sans me retourner, et plus jamais, j'y ai remis les pieds et Momo me tannait, il voulait que je lui raconte. Mes exploits. Et quoi ? Je n'allais pas lui dire que je m'étais carapaté alors j'ai menti et j'ai fait l'homme. Touille !

Il m'a tendu la cuillère en bois. J'avais oublié de remuer pendant qu'il me dévoilait son secret. Je crois qu'il s'attendait à du donnant-donnant. Je te file un bout de mon histoire et tu me balances la tienne. C'était l'heure des confessions intimes. Je n'ai pas été fairplay. J'ai fermé la bouche. On a laissé mijoter le plat ensemble, un bon quart d'heure, sans plus parler et il est allé en salle, pour préparer les tables, asticoter mon père et chasser le chat avant que les clients n'arrivent. J'ai juste dit, avant qu'il ne sorte :

– Tu sais, Papi, je ne veux pas devenir cuisinier.

Il n'a pas eu l'air étonné.

– Tu feras ce que tu voudras, il a répondu en haussant les épaules. Inch'Allah, mon grand.

J'ai pensé que David, l'arrière-grand-père, allait se retourner dans sa tombe, s'il nous entendait.

Je suis resté seul et j'ai voulu t'appeler pour te raconter.

Dans la chambre, à l'hôtel, je lui avais demandé comment elle s'appelait.

DorianneG, c'est un pseudo. Elle connaissait mon prénom. Je voulais vraiment savoir le sien. On était bien et j'étais heureux. Pas embrouillé, pas apeuré, la classe. À son oreille, j'ai murmuré « comment tu t'appelles ? » et elle n'a pas répondu. Elle a refusé et je me suis levé. Je ne pouvais plus rien faire. Coupé net. Plus l'envie. Je me suis excusé, je suis parti, le plus digne possible. La fuite, c'est héréditaire.

J'aurais aimé que tu sois présente. Que tu me rattrapes et que tu me bouscules. Ce n'est pas important, tu m'aurais peut-être dit. C'est un détail, son prénom, appelle-la Charlotte, Julie, Cindy, conclus ton affaire. Je t'aurais répondu que c'était peut-être un détail mais que je ne pouvais pas baiser avec un pseudo.

Et je crois que tu m'aurais engueulé : faire l'amour, on dit, Monsieur, quand on est poli et bien élevé. Pas baiser !

3

La malédiction des femmes de notre famille, c'est d'éparpiller l'amour.

Le semer aux quatre vents.

Le gaspiller sans pouvoir l'économiser, en mettre de côté pour les temps de disette.

Je n'ai pas parlé de toi à Maman. Elle a tout deviné. J'étais en train de lui raconter nos journées dans ma chambre. Nos habitudes, après les cours. Nos délires. Avec Clara et Tarkan. Et toi, bien sûr.

– Et ce Joshua, elle m'a demandé, il est comment ?

Je n'ai pas su te décrire. Pourtant, je te connais.

– C'est un garçon.

– D'accord, elle a dit. Mais qu'est-ce qu'il a de si particulier ?

Ton sourire. Ton regard. Tu ne lorgnes pas sur mes seins, je veux dire, tu ne me considères pas comme de la viande à consommer. Ta manière de m'appeler « Poulette » qui me chamboule. Ta démarche. Tes genoux cagneux. Tu t'en fiches, de mon rire trop fort. Tu peux me prendre par la taille sans penser à me fourrer ta langue dans la bouche et tu ne veux pas qu'on soit ensemble. Tu ne veux pas qu'on s'aime. Tu ne veux pas de mon amour qui se répand dans la nature pour rien. Une vraie catastrophe naturelle. Un bien non renouvelable en voie de disparition.

– Rien de spécial, j'ai répondu. C'est un gars ordinaire.

Je ne sais pas mentir.

Ma mère m'a lancé un long regard qui signifiait : « on ne me la fait pas, à moi. »

– Agir, c'est mieux que parler.

Elle s'est tournée vers Notre-Dame-de-la-Garde. Depuis sa petite terrasse, en se penchant un peu, on aperçoit le dôme de la basilique et la Vierge qui se dresse vers le ciel, dorée, brillante, une vraie publicité pour la foi.

– Celle-là, elle sert aux marins et aux pêcheurs. Ce n'est pas notre cas. Nous, on a besoin d'une sainte costaud. Une sainte qui a de la ressource et qui en a entendu des vertes et des pas mûres. Pas une prude, pas une nitouche, ce qui, pour les saintes, est difficile.

J'ai pensé qu'elle délirait.

– Une sainte qui saura prêter l'oreille sans faire la dégoûtée.

– N'importe quoi, j'ai dit. Depuis quand tu parles aux saintes ?

Elle s'est allumé sa cigarette en souriant. Elle ressemble à une gamine, quand elle fait ça, cet air de défier les règles. Une vraie ado.

– C'est la première fois.

Quand on est partis, le soleil était voilé par quelques nuages et le mistral soufflait fort. La voiture d'Henri tanguait sur l'autoroute et il nous rassurait.

Elle a une bonne prise au vent, il répétait, à chaque fois qu'il faisait un écart et qu'on frôlait la rambarde. Les camions nous aspiraient, des couloirs d'appel d'air nous rabattaient vers leurs roues immenses qui nous auraient écrasés en deux secondes. Il râlait parce que c'était samedi et que les poids lourds n'étaient pas censés rouler.

Ma mère avait calé ses pieds sur le tableau de bord. Ses longues jambes pliées parce que la bagnole était minuscule et elle en riait.

– Tu as une voiture de nain, Henri, elle criait, pour couvrir le bruit du moteur qui nous remplissait les oreilles.

Il avait insisté pour nous accompagner. Il ne pouvait pas louper un pèlerinage. C'était tellement kitch. C'est le mot qu'il a employé. Kitchissime. Dans un panier en osier, il avait même préparé un repas froid, une bouteille de vin rouge et des vraies serviettes à carreaux rouge et blanc assorties à la nappe.

À l'arrière, j'essayais de ne pas m'affoler. Je me disais, si la voiture bascule, je me cogne la tête contre le plafond puis je roule sur le côté et je sors par la vitre baissée.

Par la moquette mal fixée, sous mes chaussures, un courant d'air passait. Sa Fiat 500 était un pot de yaourt qui fuyait de toutes parts.

Quand on a quitté l'autoroute, j'ai commencé à respirer.

Le ciel s'était dégagé mais le vent n'avait pas faibli et les arbres, penchés, nous indiquaient la direction dans laquelle il soufflait. Je n'enviais pas le destin de ces peupliers, habitués à vivre de biais. Est-ce qu'on s'habitue à pousser de traviole ? La route était étroite, plate. Des roseaux parsemés de fleurs jaunes et blanches poussaient le long des canaux.

Henri a fait le guide.

– La Camargue, mes chéries, est un delta. Les hommes ont levé des digues, ils ont façonné la terre et la mer. C'est un coin humide, qui sent la vase et la chiure de moustique et quand on y vit, la peau finit par attraper le goût du sable. Mais ici, l'eau salée de la mer rencontre l'eau douce du Rhône et ce mélange est magique.

Il s'est tourné vers moi, tout en conduisant, ce qui m'a terrifiée.

– La magie est si rare, dans ce bas-monde, qu'il faut en profiter dès qu'on en croise une manifestation.

Les Saintes-Maries-de-la-mer se trouvaient tout au bout de la route, comme si on butait contre le dernier rempart avant la mer.

Des centaines d'oiseaux, multicolores, se parquaient sur les bas-côtés, dans les champs et les marécages, les pieds enfoncés dans l'eau, indifférents aux voitures qui passaient.

Nous nous sommes garés dans une petite rue, près du centre du village. Henri semblait avoir un sens de l'orientation bien développé. L'avantage, avec les voitures de nain, il a affirmé, c'est qu'avec, on peut se faufiler partout. Dans les rues piétonnes, des magasins de souvenirs étaient ouverts et quelques touristes y cherchaient leur bonheur. Il ne faisait pas suffisamment chaud pour apprécier l'ombre des maisons et je cherchais les coins au soleil où caser le bout de mon nez glacé. L'église s'est dressée devant nous. Elle ressemblait plus à un petit château fort, avec sa tour, sur le côté, et ses pierres massives, presque blanches. Des créneaux renforçaient l'idée qu'en cas de siège, c'était un lieu idéal pour balancer de la poix brûlante sur les assaillants. Elle était fuselée, un long corps constitué d'arches sous lesquelles des chats se chamaillaient.

J'ai compris que ma mère ne plaisantait pas. Qu'elle allait vraiment s'adresser à Sainte Sara. La vierge noire. Celle des gitans. La plus belle, d'après elle. La plus tolérante, sans doute. J'ai ri. C'était quoi, cette idée débile et depuis quand on croyait aux salamalecs de la religion ! Elle m'a répondu qu'on n'y croyait pas.

Et elle est entrée.

Je pense, Josh, qu'en plus de notre malédiction ancestrale, les femmes de la famille sont complètement barrées. Ma grand-mère a fini chanteuse dans un bar au Portugal. À soixante-dix ans, elle chantait encore le fado, et quand elle ouvrait la bouche, tout le monde se taisait. Elle avait suivi un Brésilien, à la retraite, qui vendait des trucs pas nets, des armes probablement, en sous-main et elle l'a quitté du jour au lendemain, pour donner de la voix dans un bouge de Lisbonne. Elle est morte quand nous étions en Corse et ma mère ne l'avait pas vue une seule fois en dix ans. Par la poste, on a reçu l'urne qui contenait ses cendres. Des articles découpés dans les journaux. Et un disque qu'elle avait fait graver. Avec ses chansons tristes et sa voix grave de fumeuse. Je me dis que c'est peut-être mon destin. Finir seule après avoir aimé jusqu'à m'user le cœur.

J'ai suivi ma mère, dans une crypte. Une salle toute petite, remplie de bougies, toutes allumées et dont les flammes pompaient l'oxygène. La statue de la vierge était habillée. Des vrais vêtements. Une cape blanche, une robe rouge, des dentelles, une couronne sur la tête. À ses pieds, des fleurs, comme des offrandes païennes. Son visage avait la taille de ma main. Noir. En plâtre. Lumineux.

Ma mère s'est approchée. Je l'ai entendue marmonner. Elle s'adressait à la sainte et j'imaginais très bien son vœu. Faites que ma fille ne connaisse pas le même destin que moi. Que ma mère. Que toutes les femmes de la lignée. Faites que ma fille avance dans la vie sans que l'amour soit pour elle un malheur.

Très vite, l'air m'a manqué alors je suis sortie. Henri nous attendait, assis sur un banc, derrière l'église. Il mangeait une glace et m'a tendu le cornet pour que je goûte. J'ai refusé.

– Tu ne rentres pas ? j'ai demandé.

– Je n'ai rien à demander, il a fait.

Les chatons qui jouaient sous les arcades ont déboulé sous nos jambes. Pas sauvages, ils s'agrippaient au pantalon d'Henri, les griffes enfoncées dans le tissu. J'ai essayé d'entendre la mer mais elle était trop loin.

Puis j'ai pensé à toi et je me suis dit que les prières ne servent qu'à rassurer ceux qui les font et si ma mère voulait se soulager la conscience, grand bien lui fasse. Moi, je connais le moyen de me sortir de la malédiction. Faut que je te voie, Josh.

4

La bouche de la petite brune était un bonbon. Une délicatesse à savourer. Sucrée et fondante comme une fraise. Je ne m'y attendais pas. Elle m'a embrassé sans parler et j'ai sursauté, presque, quand elle m'a touché, tellement c'était inattendu.

Je ne l'ai pas repoussée, je n'ai pas essayé de m'écarter. Je l'ai laissée se poser sur moi et me serrer dans ses bras. Elle sentait bon, son goût était parfait et j'avais envie de rester sur ses lèvres et de la manger, de la sucer, de l'avaler, d'en faire mon plat principal, mon dîner, quitte à finir diabétique.

J'étais allongé sur la plage. Ils venaient de faire un feu de camp, avec du bois de la forêt qui surplombait la plage. Les flammes léchaient le visage de la nuit et les étoiles en riaient d'aise. J'avais tiré sur le joint qui était passé plusieurs fois devant mon nez et je crois que ça m'aidait pas mal à les entendre tinter.

Et à embrasser cette fille qui m'offrait de la consolation. Personne ne crache sur le réconfort et je n'allais pas faire le difficile et lui demander son pedigree, son adresse, la date de son dernier vaccin et son prénom.

M'en fichais. De son prénom.

Ufuk m'avait dit au revoir et je l'avais regardée marcher vers le village, collée à son Jason. Deux silhouettes qui s'éloignaient. Elle lui tenait la main et il avait enlacé sa taille. Ils remontaient la rue à petits pas. Il ne manquait plus que la musique, tu sais, chabada chabadabada, les violons du bal et les applaudissements du public après le générique de fin.

Je n'étais pas jaloux. Pas en colère. Pas triste.

J'ai réfléchi.

Avec la fille dans mes bras, ce n'était pas facile, de réfléchir. Mais j'ai compris, un peu, je crois. En arrivant en France, à dix ans, j'avais balancé ma langue à la poubelle. Je m'en suis débarrassé comme on jette un manteau qui ne sert plus. Oubliée, rayée de ma mémoire. Les quelques mots en turc qui me revenaient sonnaient faux. Quand mes parents parlaient entre eux, je faisais en sorte de ne pas écouter, comme si les sonorités pouvaient me blesser. Je crois que j'avais honte, ou que je voulais m'en détacher. C'est le français qui prenait le dessus. Le français qui devait être plus important. J'avais oublié, en même temps que ma langue, mon village. Foutu à la poubelle. Et les ruines avec. Mes ruines. Mon monde. Et pourtant, j'y passais un temps fou, dans les décombres, c'était mon espace, ma terre. Effacés. La seule chose qui comptait, c'était Ufuk, au détriment de mes autres souvenirs. Elle seule avait du sens et maintenait le contact avec ma vie d'avant.

Elle n'était qu'un arbre qui masquait la forêt.

Le souffle de la fille était doux et j'ai eu envie de profiter de ce moment. La mer, son ressac qui nous berçait, les flammes du feu, les rires des autres qui s'accordaient si bien au ciel.

Les galets me rentraient dans le dos. Je me suis décalé et son visage s'est écarté et j'ai pu la regarder.

Elle avait trop de noir sur les paupières. Toi, tu n'en mets pas. Tu ne te maquilles jamais, tu as la peau blanche en hiver et tes cils transparents rendent tes yeux étranges. Ce n'est pas moche, attention, ce n'est pas ce que je pense, au contraire. C'est juste bizarre, la première fois qu'on te voit, tes deux billes brillantes qui éclairent ton visage, sans bordure, sans limites précises.

La première fois que je t'ai vue, c'était en sport. Au collège.

Tu ne t'en souviens pas. Je le sais. Je t'ai demandé et tu me sors l'histoire du couloir, des filles à mes pieds qui gloussaient. Je crois que tu exagères et qu'elles n'étaient pas des tonnes à me poursuivre. Ce que tu ne sais pas, c'est que moi, je t'avais repérée. Bien avant.

Dans le gymnase.

En plein match de handball. J'avais la balle et j'avais réussi à avancer en driblant sur une bonne moitié du terrain. J'allais marquer. J'étais en face des cages, le bras levé, avec toute la technique que j'avais mobilisée et ce but, j'allais le placer, droit entre les jambes du goal et le goal, d'ailleurs, c'était une fille, une petite, avec une grande gueule, une queue de cheval de rousse, des taches de rousseur et un short rose fluo.

Je t'ai regardée et ton short était ridicule et tes bras trop raides et tes jambes trop molles et j'ai pensé que c'était un but facile, rien de bien glorieux. Mais que mon équipe comptait sur moi et si je voulais m'intégrer, j'avais intérêt à en aligner plusieurs d'affilée. Tu as planté tes yeux dans les miens. Une seconde. Ce n'est pas grand-chose. Une seconde. Essaye, compte. Je le fais, là, je le dis, un.

Un.

Tes yeux sombres, et toute la colère que tu peux y mettre, ta rage. C'est ton secret pour terroriser la terre entière. Je ne te connaissais pas et je suis tombé dans le piège. Sans pouvoir lutter. En une seconde, tu m'as coupé les jambes, découragé dans ma carrière de champion international et j'ai lâché la balle qui est allée se perdre dans les gradins, un angle improbable, un tir de plouc. À cause de tes yeux.

Et la seconde d'après, essaye, compte deux.

Deux.

Tu m'as souri. Il ne restait rien de la fureur que j'avais vue, aucune trace de la violence que j'avais cru croiser dans tes prunelles de folle et j'ai pensé, c'est une folle, une fille qui a bouffé du lion enragé, mais ton sourire était gracieux. Une vraie lumière. Il a tout effacé et je suis resté debout, à me balancer devant les cages, pendant que les autres me rappelaient. Dans le bus, en rentrant chez moi, je revivais la scène en boucle.

Alors, quand tu m'as parlé, la première fois, j'étais heureux, même si tu te moquais de moi. Je sentais bien que tu ne me prenais pas au sérieux. Que tu ne prenais pas grand-chose au sérieux d'ailleurs. Tu sais éloigner le malheur. Tu te moques tellement que le malheur s'enfuit avant de se poser sur toi. Tu ne t'en rends pas compte.

J'étais en train de compter, un, deux, juste pour revivre ce moment, toi et la folie dans tes yeux et je me suis dit que le passé, c'était le seul endroit où je pouvais être. Où je me sentais bien. À mon aise. Le présent m'échappe. J'avance, les yeux braqués sur le rétroviseur et je me retiens pour faire demi-tour. Et pourtant, j'étais bien près du feu, à peloter une fille que je ne reverrais plus jamais et qui me donnait du plaisir. Qui me faisait apprécier la vie.

J'ai refumé tout ce qu'on me refilait, pour essayer de m'ancrer dans la minute qui s'écoulait.

Puis, je me suis levé. À cause de la terre qui tournait trop vite. Le ciel entrait dans la mer en s'y perdant et la ligne sombre, tout au bout, oscillait dangereusement. J'ai parlé en français.

– Pardon, j'ai dit à la fille, tu es gentille et tout ce qui va avec, mais je ne peux pas.

Elle a haussé les épaules sans me retenir et je pense qu'elle avait pas mal abusé de la fumette aussi. Elle s'est calée sur les galets, le visage tourné vers les flammes et elle a tendu sa main vers moi, je crois, dans ma direction, oui, puis elle l'a abaissée et ses yeux se sont fermés.

Peut-être que je suis le genre de gars facile à oublier. Je n'appartiens pas au futur, je n'appartiens pas à l'instant. Je suis une figure qui s'efface.

Je suis rentré. La rue était raide. Une pente abrupte qui nécessitait toute ma concentration et mobilisait mes forces. La fenêtre de la chambre de ma tante était éclairée et j'ai pensé qu'elle pouvait mourir mais que cette rue, cette terre, en avait vu, des morts. Des milliards de morts qui s'étaient relayés. Des hommes, des femmes, des enfants, d'infimes particules dans la grande histoire dont ma tante faisait partie et moi, et toi. Et c'est ce qui me fascinait, quand j'étais petit. La succession des hommes. Leur relative présence. La fragilité de leur importance. C'est pour cette raison que la ville tombée était un trésor.

J'y trouvais la preuve qu'on pouvait disparaître et laisser une trace.

Un héritage.

Les ruines étaient à quelques mètres. J'ai agrippé les mailles du grillage. Deux fois, j'ai recommencé, parce que mes jambes flanchaient un peu et que l'envie de rire m'avait pris. J'ai réussi à me hisser au sommet et à basculer de l'autre côté. J'ai atterri sur le sol dallé. Des pierres carrées taillées qui penchaient et se décalaient, poussées par les racines des arbres et la succession des saisons. Rongées par l'acidité de la pluie. Recouvertes d'une mousse avide et épaisse.

C'était chez moi.

La moitié de lune, dans le ciel, me souriait. Elle éclairait les édifices usés, les anciennes ruelles qui serpentaient le long de la colline et s'étalaient sur le plateau. Le temple, au bout, avec ces rondelles de colonnes fragmentées, dominait la baie et défiait la pâle lumière de la nuit.

C'est con, je te jure, j'ai pensé que c'est cet endroit qui m'avait manqué, le plus au monde. Plus que l'amour manqué d'Ufuk.

Les pierres tombées, redressées au petit bonheur la chance, agitées par un chaos silencieux, sont les pièces d'un puzzle immense que je sais reconstruire. Je sais le faire. Ce n'est pas une terre stérile, pas une terre silencieuse. On pourrait croire que les ruines sont un désastre, la marque du temps qui s'enfuit et ne laisse aucun espoir aux hommes. C'est faux.

Le rire m'a repris.

Et j'ai pensé encore à toi, Clara.

Et je te parle, à haute voix, comme un fou, comme un abruti qui a trop fumé et trop bu et qui s'adresse à des cailloux alignés et je dis, un, deux et je voudrais que tu sois là.

5

Le père de Clara avait reposé son téléphone sur la table basse et il fixait l'écran, qui s'éteignait. La lumière faiblissait aussi, dehors. Il s'était facilement adapté au manque de soleil de ce pays et la suite des jours plus courts les uns que les autres ne le dérangeait pas. Au contraire. Il aimait se calfeutrer chez lui, comme un vieil ours rattrapé par l'arthrite. Récemment, il s'était mis à grogner et Birgit le lui reprochait. Pas grave, il pensait. Sa couenne était trop épaisse pour que cela le dérange. Qu'elle me quitte. Les femmes que j'aime partent, elles se détournent de moi, elles ne peuvent pas rester. Vienne la nuit, sonne l'heure, les femmes s'en vont, je demeure, il se répétait. C'était son poème, sa rengaine.

Sa tendance à l'auto-apitoiement le rendait fataliste.

À dix-sept ans, il ne l'était pas encore, fataliste, et il croyait à l'amour et il était tombé fou amoureux de Sandrine et c'était comme si rien ne pouvait leur résister. Comme si les romans racontaient la vérité sur le coup de foudre. Elle était assise sur les marches du lycée et il sortait du cours d'allemand. Elle avait levé les yeux vers lui et le courant lui avait traversé le corps. Un éclair, une fulgurance brûlante, le cliché de la collection Harlequin pour de vrai. Plus tard, des années après, elle affirmait qu'il s'était fait un film, que la réalité était plus triviale, qu'il lui avait postillonné à la figure en parlant, que l'acné recouvrait ses joues et qu'il sentait le linge mal séché. Elle rajoutait qu'ils étaient trop jeunes. Qu'ils ne connaissaient rien et que c'était n'importe quoi, leur histoire, deux bateaux ivres qui avaient chaviré ensemble, au même moment. C'était juste avant le divorce. Et quand elle refusait de reconnaître qu'elle aussi avait tremblé, l'envie de la massacrer le prenait. Lui faire cracher le morceau. Que ce crétin de Cupidon avait planté sa flèche dans leurs deux petits cœurs naïfs. Empalés comme des brochettes à faire cuire sur un grill.

Du chagrin, ce n'était pas un mensonge, il en était rempli.

Et sa fille avait de la chance. La perte de l'amour est une amputation. Un membre coupé qui ne repousse jamais et dont l'absence est une torture. Il aurait aimé qu'elle soit préservée. Qu'elle ne souffre pas. Il lui avait dit qu'il voulait bien partager mais c'était faux. Il gardait son chagrin précieusement, il ne voulait pas l'éparpiller. C'était la preuve qu'il avait aimé, comme un acharné, comme un illuminé, comme un inconscient, comme un imbécile, comme on aime à dix-sept ans, sans calcul, sans recul, sans repos, sans retenue.

Son téléphone s'était éteint et Birgit l'appelait dans la cuisine alors il s'était levé. Qu'elle le quitte, oui, d'accord, mais pas tout de suite.

C'est dans la cuisine que traînait encore le grand-père de Joshua. La salle était rangée, les éviers scintillaient. Son fils et sa belle-fille avaient regagné leur appartement, au deuxième étage de l'immeuble. Assis à un tabouret, derrière le plan de travail, Pierre Benaflek s'était trouvé une bouteille de Sirah, à terminer. Pas grand-chose, deux petites gouttes, pour appâter le sommeil. Devant lui, deux bougies. Depuis quelque temps, le vendredi soir, il les allumait. Pas vraiment à cause de Dieu. Peut-être qu'il faisait comme un petit vieux qui sent la mort lui rôder autour. Dans le doute, il se réservait une place au paradis. Ces deux bougies, ce n'était pas grand-chose. Les prières, il les ignorait. Sa mère, paix à son âme, faisait la même chose en cachette, quand il était gosse. Elle jurait pourtant que Dieu, c'était fini et que son mari avait raison, qu'il fallait s'affranchir des croyances et des superstitions. N'empêche que le soir du shabbat, elle se rendait dans les toilettes. Elle plaçait ses deux bougies sur la cuvette rabattue. Elle chuchotait quelques mots et elle les cachait. Son mari, David, le savait. Les enfants aussi, et sa fille aînée l'accompagnait parfois. C'était le secret le plus mal gardé de l'univers. Et tout le monde en riait.

– Votre mère va faire ses besoins, disait David Benaflek, le plus sérieusement possible et ses deux garçons enfouissaient leurs visages dans leurs mains pour masquer leurs gloussements.

Les toilettes familiales sentaient la bougie consumée toute la semaine.

Voilà ce qu'il voulait raconter à Joshua. Les histoires de son enfance. L'Algérie dont il avait envie de lui parler ne rentrait pas dans les mots. Il essayait pourtant. Mais ce n'était qu'une réduction. La vie de là-bas était trop grande pour être contenue dans les simples phrases qu'il pouvait énoncer.

Mais peut-être qu'il se faisait vraiment vieux. Quand les souvenirs prennent une trop grande importance, c'est qu'on est prêt à laisser sa place. À passer son tour. Et Pierre Benaflek n'était pas encore prêt à renoncer.

L'envie était restée. De serrer contre elle le corps de Joshua, de le toucher. Élodie aurait voulu le sentir encore, le tenir entre ses bras et l'embrasser.

L'envie était plus forte que tout et lui perforait le ventre, les reins et la douleur circulait sous sa peau, dans ses veines. Le flot de son désir. Sa frustration était immense. Une sorte de rage qui lui faisait serrer la mâchoire, grincer des dents. Elle avait tenté de respirer calmement mais la brutalité de son insatisfaction lui donnait la nausée.

Ses vêtements étaient éparpillés tout autour du lit, sur la moquette usée de cet hôtel pourri. À quoi pouvait-elle s'attendre dans un tel lieu ? Ses mains tremblaient mais Élodie ne pleurait pas. Elle ne se sentait pas triste. Seul son corps semblait réagir.

Elle aurait dû lui dire. Élodie. Je m'appelle Élodie et lui avouer sa vie plate, sa vie triste, sa vie morne, sa vie tarte.

Élodie.

Il l'aurait sans doute méprisée.

Il se serait enfui, de toutes manières. Les jambes à son cou. Un vrai homme.

Elle s'était regardée dans le miroir accroché au mur du couloir, juste avant de sortir. Les cheveux emmêlés, un regard de pauvre fille. Son rouge à lèvres avait débordé et les cernes sous ses yeux lui donnaient un air de cocker.

L'idée était apparue. Une évidence. C'est quand on est au fond de la piscine qu'on s'aperçoit que les bouées ne sont pas faites pour les poissons.

Prendre le billet était d'une simplicité déconcertante. Sans réserver, elle s'était trouvé un vol pour Rio de Janeiro. Elle avait toujours rêvé de ce coin. Prononcer Rio de Janeiro lui donnait des bouffées d'exotisme. Son passeport était valide, elle se foutait des vaccins et sa mère, prévenue au dernier moment, lui avait décrit les affres qui l'attendaient si elle osait décoller. La perte de son travail, les maladies, les indiens sauvages, la langue qu'elle ne parlait pas. C'était n'importe quoi, un acte irresponsable, de gamine, et elle allait s'en mordre les doigts.

– Tu es un oiseau de malheur, Maman, elle lui avait répondu et c'était la première fois de sa vie qu'elle lui raccrochait au nez.

Dans l'avion, l'homme à côté d'elle sentait bon et elle avait passé son temps à le renifler. Ne jamais bouder les tout petits plaisirs !

Sur le quai, elle avait regardé le train qui s'éloignait. C'était sa spécialité. Elle avait assisté à bien des départs. Dans une vie antérieure, elle avait dû être chef de gare, avec un ventre proéminent, le sifflet coincé dans la boutonnière et la casquette vissée sur le crâne.

Lola lui avait pourtant demandé de ne pas rester.

– C'est désagréable de te voir t'éloigner lentement. Je préfère quand tu disparais d'un coup, elle lui avait dit. On se dit au revoir une bonne fois pour toutes, on se débarrasse des blablas. Tu m'embrasses, je te rends la chose et basta, Maman. Je ne veux pas que ça dure des siècles. On n'est pas douées pour les adieux.

Elle avait acquiescé et l'avait à peine effleurée du bout de ses lèvres.

– Sois belle, sois grande, sois sage, sois forte, elle lui avait glissé à l'oreille.

– Je ferai de mon mieux, lui avait répondu sa fille.

Sa grande fille qui partait et qu'elle connaissait si peu. Qu'elle n'avait pas su accompagner.

Presque une étrangère.

Les femmes de notre famille ne sont pas faites pour vivre ensemble, lui avait assuré sa propre mère, qui maîtrisait si bien l'absence. Nous sommes des louves et nous plantons nos crocs dans la chair de notre chair. Autant s'en séparer avant que le sang ne se répande.

Catherine s'était planquée derrière un poteau. Elle apercevait la silhouette de Lola, derrière la vitre du compartiment. Ses jambes commençaient à fatiguer mais elle était restée debout, jusqu'au départ.

Elle voulait bien payer le prix d'une vie de fêtarde. Finir le foie fatigué, le dos usé, le cœur éreinté. Les hommes, elle en avait connu, elle n'en voulait plus. Henri affirmait que ce n'était qu'une étape et que l'appétit lui reviendrait bien vite. Elle n'était pas mécontente de cette diète et les histoires d'amour ne lui manquaient pas.

La seule chose qui brillait, elle s'en rendait compte à présent, c'était l'amour palpitant de Lola.

En rentrant chez elle, deux hommes l'avaient sifflée, dans la rue. Se faire siffler ne la dérangeait pas, c'était plutôt un hommage qu'elle acceptait sans faire la fine bouche. Elle s'était retournée, en souriant et elle avait répliqué, du tac au tac : et si vous aviez vu ma fille, les gars !

Sa sœur, Sélin, avait fermé les yeux. Sa poitrine se soulevait avec difficulté et toute la morphine qui circulait dans ses veines devait lui ôter la douleur. C'est ce qu'il espérait. Qu'elle n'ait pas mal, qu'elle ne souffre pas. Sa grande sœur. Il se souvenait d'une rage de dents, terrible, vers ses dix ans et Sélin avait passé la nuit à le bercer et elle lui répétait : je prends ton mal sur moi, je le fais mien, il te quitte, il te délaisse, il m'envahit, c'est le mien à présent.

Il avait longtemps cru qu'elle avait le don d'absorber sa souffrance. Une sorte de magie secrète.

Dans son lit, elle ressemblait à une enfant, ses sourcils froncés sur l'idée qu'elle ne voulait pas s'endormir, les poings serrés, et il avait pensé qu'elle n'entrait pas dans sa mort sereinement. Elle luttait, elle s'accrochait, elle se retenait et sa mâchoire crispée en était la preuve et pourtant, tout lâchait chez elle, tout foutait le camp. Son corps était déglingué, une machinerie rouillée qui exhalait encore son odeur de rose mais c'était à cause de la crème qu'on lui passait sur la peau desséchée. Il s'était penché sur elle et avait effleuré sa joue droite de ses lèvres.

Sa sœur lui avait fait rencontrer Gizlem. Sa femme. Elle la lui avait présentée alors qu'il ne voulait pas s'attacher. Pas d'amour, rien. Ces histoires n'étaient pas pour lui. Il n'avait qu'une envie déjà, partir. Faire sa vie ailleurs. Bâtir une famille, fonder un foyer, c'était un discours de vieux. Il rêvait d'une ville encombrée par la foule. Il pourrait y arpenter les rues larges en frôlant les voitures pressées. Tout sauf le silence de son village et les pierres mortes qui envahissaient les champs, aux alentours. Rien ne poussait sur sa terre, que les débris des anciens qu'il avait en horreur.

Sélin avait organisé la scène. Le thé, les parents de la jeune fille, la terrasse où ils s'étaient parlé, sans se regarder, en évitant de se toucher, leurs deux maladresses confondues. Il n'était pas tombé amoureux. Pas tout de suite. L'habitude accroche les couples, elle réunit les corps. Elle forge des amours plus sincères que la passion. Les liens qu'elle tisse sont solides et résistent à l'usure du temps.

Il était redevable à sa sœur de la belle vie qu'il avait à présent. Penché sur elle, il avait murmuré : je prends ta douleur sur moi, je la fais mienne, elle te quitte, elle te délaisse, elle m'envahit, c'est la mienne à présent.

Le visage de sa sœur s'était défroissé et lui seul avait su capter, à cet instant, le sourire discret posé sur ses lèvres devenues blanches.

6

Presque une semaine sans aucune nouvelle. Clara avait coché les jours dans son agenda. C'était la première fois.

Que Lola ne donnait pas signe de vie.

Que Joshua n'apparaissait pas dans son angle de vue.

Que Tarkan disparaissait de son espace vital.

Six jours à se dépatouiller seule.

La première fois qu'elle se sentait seule.

Le soir, elle se collait devant la télé avec son beau-père et ils se tapaient les pires émissions de téléréalité, juste pour le plaisir de commenter et de se demander, les doigts dans le pot de pop-corn : comment peut-on se coller devant la télé et se taper ce genre d'émission ? Ils s'indignaient devant les nichons refaits et les lèvres repulpées des filles, la gonflette frauduleuse des garçons et leur fâcheuse tendance à asperger d'ordures la langue française.

Sa mère était souvent de garde la nuit et Clara la soupçonnait d'accumuler avec plaisir ces heures nocturnes. Elle échappait ainsi au rituel des bains-biberons-bisous du soir qui pouvait s'avérer fastidieux avec les deux garçons. Philippe ne s'en plaignait pas alors Clara ne faisait pas de commentaires.

Le bac français se rapprochait et elle avait commencé à réviser. Ses fiches s'amoncelaient sur son minuscule bureau et menaçaient de se répandre sur toute la surface de sa petite chambre. Elle se justifiait en arguant que le désordre ambiant était la preuve de sa réflexion.

Plusieurs fois, elle avait regretté le message laissé sur le répondeur de Tarkan. Le contenu lui échappait. Elle avait mélangé son père, l'amour, la tarte aux fraises et il n'avait rien dû comprendre. Elle essayait d'imaginer sa réaction. C'est peut-être pour cette raison qu'il ne la rappelait pas. Il la prenait pour une folle. Elle lui avait fait peur. Elle lui avait dit, tu me manques. Le grand aveu. Tu me manques. Avec les trompettes et les violons en fond sonore et un lâché de colombes blanches dans le ciel.

Et oui, il lui manquait et elle ne pouvait plus s'endormir. Son corps était tendu et elle se retournait dans son lit et rien ne l'apaisait. Des aiguilles lui traversaient le ventre. Lui coupaient le souffle, brusquement. Elle était comme un avaleur de sabre qui sent la lame lui traverser la gorge et continue à maintenir le manche, droit dans sa bouche. À certaines heures de la nuit, quand elle s'était bien agitée sans que le sommeil ne daigne la cueillir, une envie pressante la saisissait. Elle se redressait, impatiente. Et quoi, elle se demandait : qu'est-ce que je veux, qu'est-ce que j'attends, qu'est-ce qui me fait languir autant ? Elle n'osait pas mettre un nom sur son désir.

C'était pourtant une évidence.

Un dernier petit tour sur le site de rencontre. Pour s'en dégoûter. Sofie-Câline avait vingt-six ans. Elle aimait les soirées entre amis, les films d'action et regarder le poker à la télévision. Sa dernière histoire l'avait blessée, elle ne croyait plus en l'amour mais elle voulait encore essayer. Tous les hommes ne sont pas des pourris, elle avait écrit dans son petit texte de présentation et j'espère que celui qui m'écrira saura tenir compte de ma fragilité pour m'apprivoiser.

Encore une qui souffre du syndrome du Petit Prince, avait pensé Joshua. Saint Exupéry a fait bien des dégâts. De la littérature pour romantiques incurables. Le renard est un animal sournois qui bouffe des poules et plonge son museau dans les poubelles aux abords des villages. Personne ne songe à en faire un ami, personne n'a l'intention de l'aimer et de se rapprocher de lui degré par degré pour l'apprivoiser. Rien à voir avec les sentiments.

C'est ce qu'il allait répondre à Sofie-Câline, que les hommes ne l'apprivoiseraient pas, c'était un mensonge, une illusion, qu'ils ne songeraient qu'à la fourrer et qu'elle devait affronter la vérité. Il tenait son yaourt à peine entamé au-dessus de son clavier. Sans comprendre comment, une suite de mouvements maladroits, il l'avait renversé. Le liquide visqueux s'était répandu en bloquant les touches. La prise branchée à l'écran s'était mise à grésiller. La photo de Sofie-Câline, une brune un peu trop ronde, en robe de soirée moulante, au décolleté profond, aux grosses lèvres rouges, avait disparu, remplacée par le noir de la panne.

Joshua était resté immobile, face à l'ordinateur mort. Il souriait et son reflet tordu, dans l'écran, lui renvoyait ce sourire et la joie soudaine qui l'avait saisi. Plus d'internet, plus de Câline la Sofie, plus de DorianneG, plus de femmes, rien que le noir.

Un bloc de feuilles blanches traînait sur le coin de son bureau avec un stylo, qui datait de son dernier exercice de maths. En rapprochant sa chaise, il s'en était saisi et il avait commencé à dessiner. Quand il était petit, il passait son temps les feutres à la main. Il se racontait des histoires, souvent des guerres naissaient entre ses doigts, des combats terrifiants avec des geysers de sang et la fin du monde en technicolor.

Il voulait juste sortir cette colère qui lui remplissait l'estomac, et qui le rendait méchant et aigri. Il avait interdit à son grand-père l'entrée de sa chambre, sans céder, à aucun moment, sans lui parler, pour la première fois de sa vie. Le papi était resté de l'autre côté de la porte, comme une âme en peine qu'on vient de chasser du paradis, à gratter le bois du bout de ses ongles, mais Joshua avait tenu bon.

La cruauté rend plus fort.

Après la prière à Sainte Sara, qui n'avait pas duré longtemps, sa mère l'avait entraînée dans l'eau glacée. Le vent courbait les vagues et l'écume blanche fleurissait à l'horizon mais Catherine, qui était définitivement folle à être enfermée, était entrée dans l'eau en courant vite, en appelant sa fille à tue-tête. Lola l'avait suivie, sans prendre le temps d'hésiter. Elle avait laissé son jean et ses chaussures près d'Henri qui lui avait jeté un coup d'œil de biais.

– Tu n'es pas obligée, il avait dit. Les filles ne font pas forcément ce que leurs mamans font.

– Je sais, elle avait répondu. Ce n'est pas grave.

Le froid lui avait coupé le souffle mais elle s'était avancée le plus loin possible. Jusqu'au ventre. Elle levait les bras et elle hurlait : attends-moi, attends-moi, Maman ! et sa mère continuait droit devant, les cheveux trempés plaqués sur sa figure, figure de proue d'un navire insensé. C'était presque comme dans un cauchemar, avec ce sentiment immense qu'elle pouvait la perdre, qu'elle resterait seule et que l'eau allait lui passer par-dessus la tête, la submerger, la faire suffoquer. Puis elles s'étaient brutalement serrées l'une contre l'autre et les rouleaux les bousculaient, les rapprochaient et les bras de sa mère la retenaient, fort. Leurs rires s'emmêlaient dans les flots et le vent et le sel de la mer remplissait la bouche de Lola et ses yeux mais elle était heureuse et même si elle claquait des dents, elle aurait pu rester des heures, dans cette Méditerranée qui les berçait et les gardait étroitement jointes.

Le retour s'était fait en silence, dans la petite voiture qui brinquebalait. Le vent ne s'était apaisé qu'en fin de journée. Une sorte de trêve qui les laissait éreintées.

Rester n'était pas une option envisageable. Son père l'attendait. Il lui avait envoyé un texto, la veille. Très court. C'était un adepte du « soyons bref et concis ».

« Je te guette », il avait écrit.

Sans fioritures, sans commentaires.

« Ok », elle avait répondu.

Avec un smiley content, pour humaniser le débat.

Les adieux avaient été écourtés. Elle avait aperçu sa mère, qui se planquait sur le quai, jusqu'au départ, et c'était drôle et triste, cette grande dame qui se cachait derrière un poteau comme un enfant qui joue à cache-cache et on ne voyait qu'elle, ses longues jambes, sa robe rouge trop courte et sa chevelure de femme fatale.

Elle croyait vraiment passer inaperçue.

Dans le train, Lola avait reçu un coup de fil du grand-père de Joshua. Il lui avait expliqué, avec son sens de l'emphase, que son petit-fils l'inquiétait et qu'il pensait qu'elle était la seule à pouvoir lui faire entendre raison. Elle l'avait rassuré. Dans quelques heures, elle serait de retour et elle passerait au restau, il ne devait pas s'inquiéter. La vie allait reprendre son cours normal.

Elle avait appuyé son front sur la vitre sale.

La seule à pouvoir faire entendre raison à Joshua. Elle était bien bonne, celle-là.

Juste après l'enterrement, Tarkan avait pu trouver un cousin qui possédait la même recharge que lui. Il avait branché son téléphone. Sur la droite de l'écran était apparu le symbole. Un trait, deux ronds sur les côtés. Il avait des messages.

Un message.

Il avait vérifié dans sa liste d'appels. La seule qui avait essayé de le joindre pendant cette semaine, c'était Clara.

Un message de Clara, donc.

Pendant que son téléphone reprenait des forces, il était remonté vers les ruines. Son père lui avait dit que leur avion de retour était prévu le lendemain matin. Maintenant que sa sœur était enterrée, ils n'avaient plus aucune raison de rester en Turquie. Tarkan n'avait pas osé questionner son père. Il le sentait triste mais pas une seule fois, il ne l'avait vu pleurer. Très vite après sa mort, on l'avait inhumée et c'était presque un soulagement, cette rapidité.

Pendant la cérémonie, une cohorte de femmes avait déversé des larmes et leurs plaintes, accompagnant le corps plongé dans la terre, ressemblaient presque à des chants. Elles avaient puisé dans leur tristesse toute la mélodie de leurs lamentations. Les hommes écoutaient, en silence, les pleurs des femmes.

Ufuk n'était pas derrière le guichet. Il avait acheté sa place à un monsieur qui portait de grosses moustaches, le cliché du seigneur Ottoman. Lui manquait plus que le turban sur la tête et le sabre recourbé.

Comme un visiteur de base, il avait demandé le plan du site et l'homme lui avait donné la version anglaise.

Pendant une heure, il avait suivi le circuit proposé et c'était étrange de lire cette carte qui réduisait sa ville à une suite de vestiges que l'on pouvait photographier, étudier et dont les fonctions avaient été identifiées. Il avait des difficultés à faire le lien entre sa vision intime de ce monde et la froide topologie touristique.

Un groupe était rassemblé autour d'une silhouette et sans chercher à mieux voir, Tarkan avait compris que c'était Ufuk. Elle faisait de grands gestes et parlait fort, comme un bon guide qu'elle devait être. Le vent apportait jusqu'à Tarkan des échos de sa voix et, s'il avait eu du courage, il se serait approché.

Pour lui faire ses adieux.

Mais il avait contourné le groupe et s'était dirigé vers le Temple. Sur le plan, il était écrit que les Grecs l'avaient dédié à Apollon. Dieu des arts et de la guérison.

Les explications ne l'intéressaient pas.

Il voulait que l'image demeure en lui longtemps. Le ciel bleu, les pierres blanches qui se dorent au soleil, la chaleur qui fait trembler l'air et la mer, au fond, qui s'étire. Un équilibre parfait régnait à cet endroit précis. Tarkan avait trouvé le point central de son axe et sa vie pouvait pivoter autour.

Puis il était rentré, pour écouter le message de Clara. Et l'avait réécouté quatre fois, en boucle, sans trouver quoi lui répondre.

7

Son père était ponctuel, fidèle au poste, en bas des escaliers de la sortie principale, avec son pardessus gris, ses chaussures grises et sa cravate grise bien serrée autour de son cou. Il avait déposé une bise sur le front de Lola, un geste solennel, comme un roi salue sa progéniture de retour des Croisades. Manquait plus que sa couronne sur le sommet du crâne et le sceptre dans sa main droite. En attrapant sa valise, il lui avait demandé si le voyage s'était bien passé, si elle voulait manger quelque chose, si le temps avait été beau à Marseille ?

– Elle va bien. Maman. Elle commence à changer, tu sais, elle lui avait répondu. Elle trouve son équilibre, elle a du travail, elle ne fait pas n'importe quoi. Elle a même un chat qui réclame des câlins.

– On ne change jamais vraiment.

– On peut vieillir.

Il lui avait ouvert la portière de la voiture.

– On croit vieillir. Il faut se méfier des apparences.

Il lui avait souri, son père, et elle avait aperçu ce qui avait tant plu à sa mère, vingt ans auparavant.

Un air de sauvage qui se contient.

Juste avant d'arriver au lycée, elle lui avait demandé de la déposer devant le restau des Benaflek. Il avait accepté. Quand elle s'était éloignée, il avait baissé la vitre, du côté passager et s'était penché. Lola avait cru qu'il allait lui parler mais il s'était contenté de la regarder sonner à l'entrée de l'immeuble. Elle lui avait fait un signe de la main, pour l'aider à décoller, mais il n'était pas parti. C'est ce qu'il faisait depuis qu'elle était petite. Il vérifiait qu'elle entrait bien sous les bons porches. Il voulait être sûr qu'elle ne soit pas kidnappée, enlevée par des pervers qui auraient abusé de son corps.

Le grand-père de son ami lui avait ouvert la porte et il tremblait presque en l'embrassant sur les joues, deux bises collantes.

– Il ne sort plus, il refuse de me parler, il ne mange pas, il n'écoute pas de musique, c'est le silence absolu dans sa chambre, le calme plat. Je suis inquiet, Lola, je me ronge les sangs, c'est la première fois qu'il me fait ça, mon grand, la première fois qu'il se tait et le silence, ce n'est pas bon. Le silence, c'est de la mort aux rats, c'est du poison perfide, c'est de la soude caustique qui rabote l'intérieur.

Elle lui avait pressé la main.

– Ne vous inquiétez pas, Monsieur Benaflek. Je m'en occupe, de votre petit-fils.

Il l'avait accompagnée devant la porte de Joshua en la tenant par la main et Lola avait pensé que décidément, chaque famille se trimballait son lot de tarés. Elle avait appuyé à plusieurs reprises sur la poignée mais elle était coincée. Elle connaissait son truc, caler une chaise en dessous pour l'empêcher de basculer.

– Josh, c'est moi. C'est Lola. Ouvre.

Pas de réaction.

– Tu fais quoi, là ? C'est ridicule. On va pas jouer à ce jeu-là. Je vais pas rester plantée pendant que tu te décides à bouger. Je vais pas te supplier !

Toujours rien.

– Mais ouvre, on va se causer.

Pas un signe de vie. Le grand-père se tenait presque l'oreille collée à la paroi. Lola lui avait désigné le palier de l'escalier, le plus poliment possible, pour ne pas le vexer et il s'y était engagé en grimaçant. Les marches craquaient. À ce moment, la porte s'était entrebâillée et Lola s'était engouffrée dans la caverne, aspirée par le vide intersidéral qui y régnait.

Les rideaux tirés plongeaient la chambre dans une pénombre froide. La jeune fille avait distingué la chaise renversée, le lit défait, une odeur de moisi, les vêtements éparpillés sur le sol. C'était le plus mauvais présage. Joshua prenait grand soin de ses affaires. Il repassait ses jeans et ses caleçons. Même ses chaussettes n'avaient aucun faux pli. Il rangeait ses teeshirts par ordre alphabétique, en fonction de la marque, en respectant le dégradé des couleurs. Son armoire était une œuvre d'art.

Sur son bureau, l'écran de l'ordinateur affichait un fond noir.

– Il est éteint ? elle avait demandé.

– Il est dead, avait répondu Joshua et sa voix était enrouée et grave. Une vraie voix d'outre-tombe qui avait souffert. Il s'était couché dans son lit et avait remonté la couette sur son visage. Complètement immobile. Seuls ses yeux émergeaient, deux points sombres et fixes, deux étoiles noires qui pouvaient absorber l'univers en se rétractant. Elle n'osait pas bouger, de peur qu'ils ne se referment et l'entraînent dans leur implosion.

– Qu'est-ce qui t'arrive ?

Les yeux s'étaient tournés vers elle et c'était presque comme s'ils la découvraient pour la première fois. Lola avait retenu son souffle et attendu qu'il lui réponde mais il ne réagissait pas, alors elle l'avait eu par surprise.

En sautant sur lui.

Ses mains avaient soulevé les tissus qui entravaient son chemin et s'étaient posées sur la peau de Josh, sur son ventre, sous ses aisselles, dans son cou, et il gueulait : fais pas ça, fais pas ça, et elle riait parce qu'il était le plus chatouilleux des garçons de la terre entière. Le plus délicat, le plus sensible, le plus niais et elle en rajoutait en soufflant sur ses joues, sur son front. Ses jambes entouraient les siennes, les bloquaient et elle lui tirait la tête en arrière pour mieux planter ses crocs dans sa jugulaire : ahhh, je vais te sucer tout ton sang, je vais te croquer tout cru, monsieur-qui-s'enferme-dans-sa-chambre et qui se la pète poète maudit ! elle beuglait.

Il l'avait renversée et maintenant, il l'écrasait et elle riait encore parce qu'il avait beau essayer, c'était un poids plume. Elle lui pinçait les côtes, elle lui trouait le ventre, elle le bourrait de coups de poings et lui aussi riait, et leurs respirations haletantes résonnaient dans la chambre. À force de se bousculer, de se tordre, ils étaient tombés du lit et sur le sol, continuaient à s'entortiller. Les pieds, les mains, les bras, les jambes, s'attaquaient et se serraient, se heurtaient et leurs paroles confuses se perdaient dans la mêlée. Elle aurait pu planter ses dents dans sa chair, elle se retenait et l'envie de le mordre décuplait sa force, l'enrageait et il la repoussait et la rapprochait, sans avoir conscience du danger qu'il frôlait à chaque fois.

À bout de souffle, elle avait fini par capituler :

– Je me rends, je me rends !

Joshua ne s'était pas écarté. Son visage était tout proche de celui de Lola. Elle pouvait sentir sa respiration chaude se poser sur sa peau et tout son corps s'était couvert de frissons et elle aurait pu trembler jusqu'à la fin des temps, glacée et brûlante, heureuse, couchée sur le dos.

Il ne parlait pas, il la regardait droit dans les yeux, comme si les réponses essentielles se trouvaient dans les prunelles de la fille.

Une seconde suspendue.

Elle avait rompu le charme.

– Tu te l'es faite ?

Il avait soupiré, sans se dégager, sans bouger, à un centimètre de la bouche de Lola, de son regard de sorcière.

– Non.

– Pourquoi ?

Il s'était penché et au moment de toucher ses lèvres, de l'embrasser, elle avait posé ses doigts, son index et son majeur, sur sa bouche. Et l'avait repoussé.

– Non, elle avait chuchoté.

Il s'était reculé lentement et s'était allongé contre Lola. Son bras était passé sous sa taille, pour la serrer fort et elle sentait son odeur d'homme, sans parfum, brutale, un choc presque désagréable.

– Je n'ai pas pu, il avait fini par dire.

– Je ne peux pas. Tu es mon ami et tu avais raison, depuis le début, et je voudrais te garder toute ma vie, celui que j'aime le plus au monde et ne pas t'embrasser, rien, pour que ça reste beau et personne ne t'arrivera jamais à la cheville.

– Menteuse.

– Personne t'arrivera jamais à l'épaule.

– Et alors ?

– Et alors, quand on sera vieux, peut-être qu'on pourra se lâcher. Quand j'aurai des cheveux blancs de vieille et toi, un dentier pourri qui te fera zozoter. Je veux te garder, le plus longtemps possible et pas te perdre, pas te gâcher. Je veux être raisonnable. Je veux comprendre et contrôler ce qui m'arrive. Tu comprends ?

Il avait poussé un soupir. Il comprenait.

– Je crois que j'ai peur, Lola. De pas être à la hauteur de ce que je voudrais être. C'est comme si la rage me bouffait, je tourne en rond, je suis un trouillard. Je m'enferme dans ma chambre et c'est ma peur que je retiens, que je contiens et elle me déborde. J'ai envie que quelque chose d'extraordinaire m'arrive, je l'attends et je ne suis bon qu'à me planquer.

Elle s'était tournée vers lui pour que leurs yeux se rencontrent.

– Le monde, la vérité, il est à toi, mon fils.

Elle l'avait dit en prenant l'accent de son grand-père et Joshua avait ri parce que c'est le genre de phrase qu'il aurait pu prononcer.

– Et donc la solution, c'est de rester toute ta vie au-dessus du restau des Benaflek et renifler la harissa du papi pour te filer des sensations.

Il avait haussé les épaules, en souriant.

– Tu ne veux pas aller faire le beau sur les podiums, défiler en dandinant et t'éclater sous les sunlights des tropiques ? Tu vas renoncer à la grande carrière de vedette qui t'attend, aux States ou au Japon. Sûr qu'ils craqueraient tous sur toi, les Japonais, avec ta petite bouille de fouine et ton look de ninja.

Il n'avait pas répondu et les marches avaient craqué, derrière la porte, preuve que Pierre Benaflek ne lâchait pas sa proie facilement. Il était au courant de ses projets, maintenant.

Joshua s'était senti soulagé.

– Donc, tu n'as pas plu à la dame ? avait repris Lola.

– Ce n'est pas ça, du tout, tu te trompes.

– Quelqu'un qui ne succombe pas à ton charme…

– C'est moi. Je me suis défilé, au dernier moment. Je n'ai pas pu la baiser comme ça.

Elle s'était redressée en s'appuyant sur ses coudes. Son sourire était éclatant :

– Faire l'amour on dit, Monsieur, quand on est poli et bien élevé. Pas baiser !

Et elle avait déposé une bise légère dans le creux de sa joue pâle.

8

La chambre faisait la taille d'un cagibi. Une caisse à hamster. Un espace minuscule qui contenait tout le fouillis de la jeune fille, son désordre spectaculaire. L'empilement des vêtements, la tour Eiffel de chaussures, les feuilles de cours qui tentaient de survivre dans le bidonville des sacs, ne dérangeaient pas Clara. C'était l'exact panorama de ce qu'elle ressentait. La cartographie de son chaos intérieur. Depuis une semaine, elle cultivait même l'apocalypse en ne jetant pas à la poubelle les papiers du chocolat qu'elle s'engouffrait. Des kilomètres de plaquettes, noir, au lait, praliné, avec des noisettes et des raisins. Elle les étalait sur le sol, autour de son lit et l'aluminium scintillait la nuit, une galaxie de gourmandises.

Ce n'était pas une découverte, pas une grande nouveauté pour Tarkan qui se tenait debout, le dos appuyé à la porte. Clara lui faisait face, assise sur le lit, les mains croisées sur ses jambes, les pieds posés à plat sur le sol, le dos bien droit. Un pas les séparait. Il suffisait à Tarkan d'avancer, pas grand-chose, et ils se seraient touchés.

Dans deux mètres carrés, le contact s'établit facilement. On ne peut pas s'éviter.

Elle entendait ses frères qui gazouillaient dans le salon et les rifs de la guitare électrique de Philippe et sa mère qui chantait. Les bruits du quotidien. Rassurants. Apaisants.

Alors pourquoi son cœur battait-il si vite ?

Pourquoi l'air qu'elle respirait ne suffisait-il pas à remplir ses poumons ?

Pourquoi avait-elle envie de fuir et de disparaître et de fermer les yeux ? Ne plus le voir, lui, debout, avec ses yeux qui brillaient. Il avait attrapé des couleurs, sa peau était dorée. Ses cheveux frisaient davantage. Il avait grandi. Elle le trouvait changé. Son visage s'était affiné. Elle pensait : je ne le connais plus, c'est un étranger. On n'a rien en commun, on ne parle plus la même langue, ce n'est plus mon ami.

Raide, elle attendait qu'il dégaine en premier.

Il avait déboulé, juste après le repas. Philippe avait ouvert la porte de l'entrée et elle l'avait entendu s'exclamer : te voilà, enfin, Tarkan ! Tu avais disparu de la surface de la terre, mon grand !

Clara tenait un verre qu'elle avait lâché et l'eau s'était répandue sur la nappe. Sa mère lui avait lancé un drôle de regard :

– C'est l'effet qu'il te fait, ton Tarkan ?

Les deux femmes étaient passées à deux doigts d'un incident diplomatique. Clara aurait pu arracher les cheveux de sa mère. Elle s'était contentée de hausser les épaules, sans faire de commentaires.

Et quand il était entré dans la pièce, elle avait senti ses joues rougir.

Elle ne l'avait pas embrassé, concentrée sur son souci de paraître dégagée et indifférente et elle lui avait désigné sa chambre, d'un geste du menton.

Tarkan sentait la fatigue grandir. Il s'était levé très tôt, alors que la nuit s'étalait encore sur le village. Une partie de la famille était déjà partie, s'éparpillant aux quatre coins de l'Europe et de la Turquie. Les étreintes et les embrassades s'étaient enchaînées. Son père était ému. Il avait failli oublier son passeport sur la table de la cuisine. Il s'était assoupi en posant sa tête sur celle de son fils, dans l'avion, un geste de gamin, ou de vieillard. Sur le tapis roulant défilaient les valises et c'était Tarkan qui avait réuni leurs affaires et trouvé un taxi. Une démission temporaire qui ne l'affolait pas.

C'est dans les bras de sa femme que son père s'était écroulé et peut-être qu'il attendait ce moment depuis le début. Déposer sa peine. Il avait pleuré, sans parler, et Tarkan et sa sœur s'étaient écartés, pour les laisser seuls.

Sur le mur de sa chambre, la photo d'Ufuk ne ressemblait plus à rien. Il n'y avait pas touché et s'était éclipsé discrètement. Pour aller chez Clara.

Elle n'allait pas parler la première. Il la connaissait, cette tête de mule, cette tête de cochon, cette brute épaisse. Dans ses yeux, un air de défi, du genre, vas-y, toi, si tu as le courage !

Il s'était raclé la gorge et avait sorti de sa poche un petit paquet emballé. Entouré d'une ficelle dorée.

– C'est pour toi.

Elle n'avait pas bougé.

– Un cadeau. Typique.

Il avait tendu la main. Elle aussi. Leurs doigts s'étaient touchés et l'électricité avait parcouru le dos et le ventre de Clara. Le paquet était léger. Les coins tenaient grâce à un mauvais scotch.

– Je l'ai trouvé au bazar de la ville. Le gars qui me l'a vendu a dit qu'il était fait pour toi. Sérieux, il me l'a tendu et il a dit, y a une fille, loin, qui pense à toi et tu dois lui offrir ce cadeau sinon, un grand malheur va arriver.

Clara avait souri. Dans sa main, une perle ronde et bleue, avec des cercles d'un bleu plus clair et au centre, une pupille foncée. L'anti-mauvais œil. Le cadeau du touriste lambda qui revient de Turquie.

– Et le gars a continué à me parler. Il en maîtrisait un rayon, sur toi, à croire qu'il te connaissait. Il m'a dit, la jeune fille, elle est très bien, beaucoup de qualités, elle est d'une bonne famille, elle est gentille, quand elle veut, si elle fait un effort mais elle a un sacré caractère. Vous croyez ? j'ai répondu. Oh oui, il m'a dit, une fille qui file des coups de sabot sans prévenir et qui lâche des éclairs par la bouche. Il m'a tendu l'œil, pour te protéger et je n'ai pas marchandé. Il m'a pris pour un crétin mais un gars qui parle si bien de toi, il méritait de faire du bénéfice.

– Je n'ai pas un sale caractère.

– Le plus pourri du continent eurasien.

– Alors qu'est-ce que tu fais ici ?

Il s'était raclé la gorge une seconde fois.

– Je me suis habitué. À ton caractère.

Elle avait déposé le souvenir sur son lit et les plis de la couette l'avaient aussitôt avalé.

– Et Ufuk ?

Le dos de Tarkan s'était décollé du mur. Il commençait à avancer.

– Rien.

– Rien, ça ne veut rien dire.

– Rien, ça veut dire qu'il ne s'est rien passé. Elle m'avait oublié, je n'étais pas important et Joshua avait raison, sur toute la ligne.

Quelques centimètres, en déplaçant son pied droit vers Clara, pour ne pas l'effaroucher, qu'elle ne s'enfuie pas.

– Et j'ai eu ton message.

Elle s'était levée à son tour.

– Et alors ?

Il sentait tout le défi qu'elle avait mis dans sa voix. Toute cette rage qui la submergeait, depuis toujours, et qu'elle ne contrôlait pas, qui faisait sa force, son courage. Sa beauté. Elle était belle de sa colère, un feu qui couvait sous les braises de ses prunelles bleues.

– Au début, je ne savais pas quoi penser.

Encore un petit pas, minuscule. Vingt centimètres, un abîme à enjamber.

– Puis j'ai réfléchi. Dans l'avion surtout, quand mon père me ronflait dessus, avec l'étendue de la mer sous nos pieds. La courbure du monde vue d'un avion est encore plus impressionnante. C'est juste effrayant, de s'apercevoir que l'horizon n'a rien d'horizontal.

Il se tenait contre Clara. La tête baissée parce qu'il était plus grand qu'elle. Elle tremblait. C'était la première fois qu'il la voyait trembler ainsi, la brave, la téméraire et courageuse Clara.

– Je t'aime, il avait dit.

– Tais-toi, elle avait répondu.

– Je t'aime Clara.

– Tu es le garçon qui aime Ufuk.

– Non. Je crois que je t'ai aimée la toute première fois que je t'ai vue. En short rose fluo, la queue de cheval, un appareil dentaire, tes taches de rousseur, ton air de tueuse de la mafia. C'était tellement fort que j'ai tout planqué, j'ai tout caché, profond, en moi, et maintenant je le vois.

Il avait levé la main pour la toucher, elle s'était écartée pour l'éviter.

– Et quoi ? elle avait dit, on va s'embrasser et tout va s'arranger, sortons les violons, et dans quelques mois, j'en aurai assez de toi et tu m'aimeras moins.

Il avait secoué la tête.

– D'accord, elle avait continué, tu vas m'embrasser et dans cinq ans au mieux, dix ans au pire, on aura fait le tour de la question et on sera des adultes blasés et forcément, tu vas me désaimer et forcément, moi aussi. On finira par s'engueuler, se détester et si par malheur, on fait des gosses, ils seront aussi paumés que leurs parents. Si on s'embrasse maintenant, on va se rendre tristes, un jour. On va se déchirer, s'abîmer. Voilà comment on va finir, toi et moi. Remplis de haine et tout notre amour sera perdu et gâché et sali. Il nous restera que nos yeux pour pleurer et le chagrin. J'en veux pas du chagrin, j'ai menti. Je le laisse aux autres. Je veux rester tranquille et sereine. On va trop souffrir, toi et moi.

Ils étaient si proches que le souffle des paroles de Clara soulevait des mèches de cheveux de Tarkan. Une veine palpitait dans le cou de la jeune fille. Il aurait aimé y poser ses lèvres et suivre la ligne de son visage, le lobe de son oreille. Même ses sourcils, les battements de ses cils transparents lui donnaient envie.

– Et alors ? il avait chuchoté.

Elle l'avait fixé droit dans les yeux.

– Et alors ? il avait répété. Pourquoi pas ?

C'était si évident.

Elle s'était hissée sur la pointe des pieds et sa bouche avait d'abord touché le menton du garçon et c'était le baiser le plus maladroit de l'histoire des premiers baisers. Il l'avait aidée en se baissant et ses bras l'avaient entourée. Sa bouche avait touché celle de Tarkan et c'était comme si ses poumons s'ouvraient enfin et que tout l'oxygène qui lui avait fait défaut ces jours-ci se déversait dans son corps. Appuyée contre lui, elle avait oublié la chambre moche, la nuit qui tombait, ses doutes et sa peur immense. Elle était posée sur la peau de Tarkan qui se mêlait à la sienne. Elle fondait et se dissolvait et les mains de Tarkan la rattrapaient, l'empêchaient de s'éparpiller.

Et l'idée du chagrin lui retournait l'estomac et sa rage ne disparaissait pas. Elle savait qu'elle avait raison et que l'amour ne tiendrait pas toujours. Ses parents, ceux de Lola, en étaient la preuve, mais les mains et la bouche et le goût de Tarkan étaient ce qui ressemblait le plus au bonheur, à cet instant précis.

Il était ce qui ressemblait le plus au bonheur, à cet instant précis.

9

Le premier amour d'Henri était son voisin, Alexandre. Trois ans de plus que lui. Pas grand-chose mais c'était suffisant pour qu'il ne lui jette même pas un coup d'œil. À quatorze ans, on a tendance à mépriser les petits de onze.

Henri passait son temps à lui courir après.

Alex adorait le foot et Henri avait appris par cœur le nom des joueurs de l'équipe de France. Alex fumait derrière l'immeuble et Henri ramassait les mégots et les conservait dans une boîte.

Alex adorait Madonna et Henri chantait *Like a virgin* à tue-tête.

Alex collectionnait les vignettes Panini et Henri dépensait tout son argent de poche pour en acheter. Les échanges se passaient dans la cage d'escalier et leurs genoux se touchaient et la lumière s'éteignait. Quelques secondes, plongé dans le noir, tout près d'Alex, rien de plus.

Il n'avait jamais rien dit. L'adolescent avait déménagé, il était parti et Henri avait pleuré toute une nuit, le nez plongé dans son coussin pour étouffer ses sanglots.

Son dernier amour, c'était un véritable vase Ming, blanc, aux fines veines bleutées, qui trônait dans son salon et qu'il ne pouvait s'empêcher d'admirer en permanence. Un coup de foudre dans une vente aux enchères et il connaissait le prix de l'amour. Douze-mille quatre cents euros. Cash. Une folie.

Le premier amour de Sandrine, la mère de Clara, avait été le père de Clara. Elle pouvait s'en défendre. Affirmer que c'était n'importe quoi, une légende urbaine, une affabulation de Clément qui voulait la culpabiliser. Elle tentait d'en sortir, de cette culpabilité, chez la psy. Elle ne parvenait pas à évoquer sa première rencontre avec le père de sa fille. Il descendait les marches du lycée, et le soleil dans son dos auréolait sa silhouette, lui conférant une dimension mythique. Elle avait adoré son allure et sa démarche et ses épaules et sa manière de s'accroupir devant elle avant de lui parler.

Elle ne voulait pas y penser et pourtant l'image était précise et affleurait, sans qu'elle ne puisse la contrôler, alors elle s'enfermait dans la salle de bain et elle se faisait couler un bain brûlant. Pour noyer sa jeunesse et sa naïveté.

Philippe était le dernier des ses amours, le seul sur terre qui savait jouer du Eric Clapton en cuisinant un minestrone.

Le premier amour de Clément n'avait pas été Sandrine. Deux ans auparavant, à quinze ans, il avait aimé Cléo Dottin. Une grande brune qu'il côtoyait dans le bus. Il se perdait dans la contemplation de ses longs cils recourbés. Ils s'étaient embrassés à un bal du quatorze juillet, sous le chapiteau qui les faisait transpirer. L'orchestre jouait du Michel Sardou. *Les lacs du Connemara*. Au mois d'août, elle sortait avec un autre garçon, un Américain qui mastiquait du chewing-gum. Clément avait goûté au chagrin. Une faiblesse l'avait saisi. La nourriture le faisait vomir. Il maigrissait à vue d'œil. Il ne pouvait plus se lever et tombait et les hématomes sur sa peau évoquaient ceux de son âme et s'il en faisait trop, s'il exagérait, il ne s'en rendait pas compte. Le chagrin, en fin de compte, le remplissait et l'occupait. Il s'y était habitué facilement.

Son dernier amour était Birgit. Du solide, made in Ikea.

Le premier amour de Philippe avait été une Gibson. Rouge cerise. Une guitare électrique aux courbes parfaites. Le pur son qui sortait de son corps plein le rendait fou. Elle appartenait à son père qui jouait dans un groupe, et le samedi soir, Philippe se collait au pied de l'estrade, les yeux fixés sur l'instrument. Les reflets renvoyés par les spots l'éblouissaient. La musique l'assourdissait mais la guitare était si belle qu'il ne bougeait pas. La fatigue, le sommeil ne le chassaient pas. Il avait cinq ans.

Aucune autre ne l'avait comblé. Elle était son idéal, la perfection incarnée. Son père avait fini par la revendre et Philippe passait son temps à rechercher la sensation parfaite qu'il avait éprouvée, la première fois que sa main avait touché l'acajou du manche. Le poids précis du bois contre sa hanche. Ils s'encastraient à merveille, l'alchimie ne s'expliquait pas et se reproduisait rarement.

Son dernier amour était une femme, Sandrine, ce qui ne l'empêchait pas de collectionner les guitares, de les accrocher aux murs de son salon, comme autant de trophées rescapés de son enfance.

Le premier amour de Catherine avait été Mademoiselle Pawlosky. Sa maîtresse en CM1. Ses ongles étaient de la couleur de son rouge à lèvres. Catherine n'était pas une excellente élève. L'école ne l'intéressait pas. Elle avait fait des progrès incroyables cette année et sa mère, qui n'était pas encore partie, n'en revenait pas. Elle apprenait ses récitations et les déclamait avec toute la passion dont elle disposait. Elle tâchait de ne pas bredouiller en s'approchant de sa maîtresse. L'amour se manifestait, chez elle, par un bégaiement terrible et l'incapacité de formuler sa pensée. Seules les poésies coulaient. Des fleuves d'amour qui charriaient la passion de Catherine.

En CM2, elle avait hérité de Monsieur Bernat. Il sentait le fromage de chèvre et le Ricard. Elle ne l'aimait pas. Sa motivation était retombée. Dans les couloirs, quand elle croisait son ancienne maîtresse, elle se laissait frôler et levait ses yeux vers la mademoiselle qui ne la remarquait pas. À la fin de l'année, elle avait appris qu'ils s'étaient mariés. Monsieur Bernat et Mademoiselle Pawlosky. Elle avait redoublé. Sa mère s'était envolée avec Carlos, un pilote de ligne Cubain. Son père pleurait. Catherine avait juré de ne plus jamais retomber amoureuse.

Son dernier amour était Pilou. Un chat angora possessif.

Le premier amour de Bernard Déal avait été Catherine. Au concert de Renaud. Il n'avait pas bu et fumé autant que son ex-femme pouvait le croire. Il n'avait jamais aimé se saouler. La sensation de perte de contrôle ne lui plaisait pas. Il avait attendu le début du concert pour s'approcher d'elle. Elle ne lui avait pas répondu immédiatement, elle devait le prendre pour un dragueur mais il s'était accroché. Les amplis tremblaient, l'air vibrait et la voix du chanteur leur entrait dans le corps et les bousculait et c'était de la pure magie, cette fille si belle qui lui souriait. Il avait tout lâché. Il s'était comporté comme un cannibale qui ne songe qu'à la chair fraîche qu'il va dévorer. C'était son plus beau souvenir, cette certitude qu'il allait l'embrasser et que cette fille serait la femme de sa vie. Celle qu'il allait aimer sans pouvoir l'oublier. Il aurait pu la demander en mariage sur place. Il savait qu'il ne se trompait pas. Et il ne regrettait rien. C'est ce qui faisait sa force. S'il devait revivre cet instant, il aurait reproduit les mêmes gestes et sa passion aurait été identique.

Et malgré les déchirures, les hurlements, la trahison, le temps et la douleur, Catherine était son dernier amour.

Le premier amour du père de Tarkan avait été Loren, une petite Allemande. Blonde, avec des nattes et des yeux bleus. Heidi sous le soleil. Ses parents fouillaient les ruines, derrière sa maison. Avant de la rencontrer, il n'aimait pas s'y promener. Les fantômes qui hantaient les pierres le terrifiaient. Sa mère lui racontait des histoires atroces d'hommes perdus dans les décombres, d'ombres mouvantes, et le vent qui s'engouffrait entre les colonnes maudites du temple transportait les plaintes des malheurs passés. Les parents de Loren étaient archéologues. Ils mettaient au jour une partie enfouie de la place principale et Loren voulait lui apprendre les termes exacts : agora, elle répétait, en lui désignant l'alignement confus des blocs découverts. Il faisait semblant de s'intéresser mais seuls les yeux bleus de la petite fille le fascinaient. Un bleu qu'il ne parvenait pas à imaginer, qu'il découvrait pour la première fois. Il la suivait dans tous les recoins de l'ancienne ville et c'est devant le temple, face à la mer, qu'il l'avait embrassée. Un simple baiser, ses lèvres sur celles de Loren et c'était parfait. Il en gardait un souvenir ému.

Les yeux de sa femme étaient d'un noir absolu qui rivalisait avec les nuits sans lune et elle était son dernier amour.

Le premier amour de la mère de Tarkan avait été Mike Brant. Sa tante habitait en France, à Tourcoing. Toute la famille avait été conviée pour le mariage. Venir dans ce pays était un grand événement. Elle essayait de comprendre les mots et c'était comme si cette langue lui appartenait déjà. Elle avait neuf ans. Le chanteur était mort depuis quelques années mais, dans les toilettes, traînaient des vieux magazines et la petite Gezlim avait feuilleté les pages, la tête penchée entre les jambes et elle était tombée sur une photo de Mike. Il se tenait debout et il lui souriait et ses cheveux encadraient son beau visage. Son costume blanc, ses longues jambes, une guitare posée à ses pieds, des tentures de velours rouge derrière lui. La petite fille en avait perdu la notion du temps. Elle avait fini par arracher la page quand son frère s'était mis à tambouriner à la porte pour qu'elle lui cède sa place et s'était trimballée avec le papier plié, sous sa robe, à même la peau.

Son dernier amour était Mahmoud, le père de Tarkan. À vingt ans, il était le portrait craché du chanteur. Version turque.

Le premier amour d'Alberta avait été Joshua Benaflek. Elle l'avait aimé désespérément, depuis sa petite enfance, sans jamais le lui dire. Un amour silencieux, qui s'étalait dans sa poitrine en prenant toute la place. Elle masquait l'émotion qu'elle ressentait quand il la renversait sur le tatami, en judo. Il la faisait basculer sur son dos et elle levait les yeux vers lui et elle le trouvait si beau.

À la chorale, elle se débrouillait pour être à ses côtés et elle faisait semblant de chanter, en ouvrant la bouche sans prononcer les paroles, juste pour l'entendre. Elle le suivait, le soir, en sortant de l'école. Son restaurant n'était pas loin du magasin de ses parents. Elle espérait qu'il se retourne et qu'il lui propose de marcher avec elle mais il continuait, droit devant, sans se soucier d'elle et de son amour qui était, malgré tous les efforts qu'elle déployait, visible comme un nez rouge au milieu d'une figure de clown.

Son dernier amour était Moussa Bentala. Juste pour le plaisir de défiler devant Clara Bauman.

Le premier amour du grand-père de Joshua avait été Lana Turner. L'actrice américaine. Dans Le facteur sonne toujours deux fois. Il n'avait rien compris au film. Une histoire d'adultes qui s'aiment, se trahissent et se tuent. Il était assis sur les genoux de son frère aîné. La séance avait lieu en plein air et le vent chaud qui leur tournait autour décoiffait les femmes et soulevait leurs jupes. Elles plaquaient leurs mains sur leurs cuisses en riant nerveusement et ces rires ponctuaient les images qui passaient sur l'écran tendu entre deux arbres. Pierre avait été fasciné. Par l'actrice, sa chevelure, ses yeux. Sa silhouette parfaite, une sirène blonde aux lèvres rouges. Dans ses souvenirs, la chaleur, les rires, le ciel se mêlaient, fusionnaient. Des bouffées de nostalgie lui montaient au cœur. Et toute sa vie, il avait cherché à retrouver ces sensations. Et les blondes.

Quand son petit-fils était absent, il s'installait sur son siège, et il regardait les photos de Lana Turner sur l'ordinateur, pour taquiner son plaisir de gosse.

Elle était son dernier amour. La boucle était bouclée.

Achevé d'imprimer en Belgique
Sur les presses de SNEL